Les langages de Pao

W0397629

JACK VANCE

Les langages de Pao

Roman traduit de l'américain par Elisabeth Gille

DENOËL

Titre original :
THE LANGUAGES OF PAO

En application de la loi du 11 mars 1957, il est interdit de reproduire intégralement ou partiellement le présent ouvrage sans autorisation de l'éditeur ou du Centre français d'exploitation du droit de copie.

© 1958 by Jack Vance
© 1965 by Éditions Denoël et pour la traduction française
73/75, rue Pascal, 75013 Paris

ISBN : 2-207-30083-8
B 30083-8

I

Au cœur de la galaxie Polymark, la planète Pao tourne autour de l'étoile jaune Auriol. Ses caractéristiques sont les suivantes :

Masse	1,73
Diamètre	1,39
Gravité à la surface	1,04

Le plan de rotation diurne de Pao est le même que son plan orbital : en conséquence, il n'y a pas de saisons et le climat est uniformément doux. Huit continents parallèles à l'équateur divisent la planète à intervalles approximativement égaux : Aimand, Shraimand, Vidamand, Minamand, Nonamand, Dronamand, Hivand et Impland, ainsi nommés d'après les huit chiffres du système numératif paonais. Aimand, le plus grand de ces continents, présente une surface quatre fois supérieure à celle de Nonamand, le plus petit. Seul Nonamand, situé dans les hautes latitudes sud, est affligé d'un climat déplaisant.

On n'a jamais procédé à un recensement exact de la population paonaise, mais on l'estime environ à quinze milliards d'individus qui habitent, pour la plupart, des villages.

Les Paonais forment un peuple homogène : de taille moyenne, ils ont la peau claire, une nuance de cheveux qui va du châtain au brun foncé, des traits qui varient peu d'une personne à l'autre.

Jusqu'au règne du Panarque Aiello Panasper, l'histoire de Pao est pauvre en événements marquants. Les premiers colons, trouvant la planète hospitalière, s'y multiplièrent à un point tel que la population atteignit une densité sans précédent. Leur mode de vie minimisait les risques de friction entre les différentes classes de la société : il n'y eut, ni grandes guerres, ni épidémies, ni désastres, à l'exception de disettes périodiques, que le peuple supportait avec courage. C'étaient des gens simples, sans complication que ces Paonais. Ils n'avaient ni religion ni culte. Ils ne demandaient à la vie que peu d'avantages matériels, mais accordaient en revanche une importance considérable aux changements de castes et de statut. S'ils ne connaissaient pas les sports de compétition, ils aimaient à se réunir en immenses assemblées de dix ou même vingt millions d'individus pour psalmodier leurs hymnes antiques. Le Paonais type cultivait quelques arpents de terre et augmentait ses revenus grâce à l'artisanat ou au commerce. Il manifestait peu d'intérêt pour la politique ; son souverain héréditaire, le Panarque, exerçait un pouvoir personnel absolu qui se faisait sentir, par l'entremise d'un vaste système administratif, jusque dans le village le plus éloigné.

Le langage de Pao était un dérivé du Waydalique fondu dans un moule particulier. La phrase paonaise présentait un tableau d'une situation plutôt qu'elle ne décrivait un acte. Il n'y avait ni verbes ni adjectifs, ni formes comparatives définies, telles que *bon* et *meilleur*, *mauvais* et *pire*.

L'idée que le Paonais moyen se faisait de lui-même — à supposer qu'il se considérât comme une personnalité distincte — était celle d'un bouchon flottant sur un océan de vagues innombrables, soulevé, attiré, bousculé par des forces incompréhensibles. Il éprouvait pour son souverain un respect mêlé de crainte, se soumettait à lui avec une obéissance aveugle, ne lui demandant en retour que la continuité dynastique car, sur Pao, rien ne devait jamais varier, rien ne devait jamais changer.

Cependant, le Panarque, tout tyran absolu qu'il fût, était obligé, lui aussi, de se conformer aux usages. Là résidait le paradoxe : dans son intimité, l'individu paonais pouvait donner libre cours à des vices que l'homme normal eût trouvés impensables et répugnants. Mais il lui était interdit de paraître gai ou frivole, de céder aux joies de l'amitié, de se montrer trop souvent dans des lieux publics. Par-dessus tout, il devait éviter de donner à son peuple le spectacle d'une indécision, d'une hésitation. Agir ainsi eût détruit l'archétype.

II

Propriété du Panarque Aiello Panasper, Pergo lai, îlot de la mer Jhelianse situé entre Minamand et Dronamand, avait été converti par lui en une retraite arcadienne. Son palais, édifice aérien de verre blanc, de pierre sculptée et de bois verni, ouvrait sur une prairie bordée de bambous paonais et de grands arbres à myrrhe. Le plan en était simple : une tour résidentielle, une aile réservée aux dépendances, un pavillon octogonal surmonté d'un dôme en marbre rose. C'était là, dans ce pavillon, qu'Aiello, vêtu du Noir Absolu, insigne de sa position, prenait, assis devant une table en ivoire sculpté, son repas de midi. Aiello était un homme de haute taille, à l'ossature frêle, mais bien en chair. Sa chevelure d'un gris argenté était aussi lustrée que des cheveux de bébé ; du bébé encore il avait la peau claire et les yeux grands ouverts qui ne cillaient pas. Les commissures de ses lèvres perpétuellement abaissées, l'arc élevé des sourcils, tout cela lui donnait un air inquisiteur, à la fois sardonique et sceptique.

A sa droite siégeait son frère Bustamonte, l'Ayudor — plus petit de taille, une épaisse chevelure sombre, des yeux noirs agiles, des muscles noués formant protubérance dans la chair de ses joues. L'énergie de Bustamonte excédait les normes paonaises. De ses voyages sur deux ou trois mondes voisins, il était revenu avec un certain nombre d'engouements fort étrangers au tempérament paonais, qui lui avaient attiré l'antipathie et la méfiance de la population.

A la gauche d'Aiello était assis son fils, Béran Panasper, le Médallion, un enfant maigre, hésitant et timide, aux traits peu marqués et aux longs cheveux noirs, qui ne ressemblait à son père que par sa peau claire et ses grands yeux.

Une vingtaine de personnes avaient pris place de l'autre côté de la table : des fonctionnaires du gouvernement, des porteurs de pétitions, trois représentants commerciaux de Mercantil et un homme au nez busqué, vêtu de gris et de brun, qui ne parlait à personne.

Le service personnel d'Aiello était assuré par des jeunes filles en longues robes rayées de noir et d'or. Bustamonte goûtait chaque plat avant de le lui passer... coutume dont l'origine datait d'une époque où l'assassinat était la règle plutôt que l'exception. Autre manifestation de cette prudence ancienne : les trois Mamarones qui montaient la garde derrière Aiello. C'étaient des géants tatoués de noir mortuaire, des neutraloïdes. Ils portaient des magnifiques turbans vert et cerise, des pantalons collants de même teinte, des emblèmes pectoraux de soie blanche et d'argent ; ils tenaient à la main des boucliers de réfrax qu'ils avaient charge de refermer devant le Panarque en cas d'agression.

Aiello mangeait sans appétit. Il indiqua enfin qu'il était prêt à s'occuper des affaires du jour.

Vilnis Therobon, portant l'ocre et la pourpre de la Fonction publique, se leva et se présenta devant le Panarque. Il exposa son problème : les cultures de céréales des savanes de l'Impland sud souffraient de la sécheresse ; lui, Therobon, souhaitait y amener l'eau des réservoirs de l'Impland central, mais il n'avait pu parvenir à un arrangement satisfaisant avec le ministre de l'Irrigation. Aiello écouta, posa une ou deux questions, puis, en une phrase brève, autorisa la création, à l'isthme Koroi-Sherifte, d'une usine de purification de l'eau pourvue d'un réseau de pipe-lines longs de 15 000 kilomètres qui feraient circuler le précieux liquide partout où le besoin s'en ferait sentir.

Le ministre de la Santé publique prit la parole à son tour. La population de la plaine centrale de Dronomand s'était multipliée à un point tel que les logements ne suffisaient plus. Pour en construire de nouveaux, il faudrait empiéter sur les terrains réservés à la culture, ce qui aurait pour résultat d'accélérer la famine déjà menaçante. Tout en suçant un quartier de melon aux épices, Aiello ordonna le transfert d'un million de personnes par semaine à Nonamand, le sinistre continent méridional. En outre, tous les bébés qui naîtraient dans des familles comptant déjà plus de deux enfants seraient noyés. C'étaient là des méthodes classiques pour contrôler l'accroissement de la population. Elles seraient acceptées sans ressentiment.

Le jeune Béran assistait à la scène, fasciné, frappé de crainte respectueuse à la vue des immenses pouvoirs dont jouissait son père. Il était rarement présent aux séances qui concernaient les affaires publiques. Aiello n'aimait pas les enfants et ne surveillait guère l'éducation de son fils. Depuis quelque temps, l'Ayudor Bustamonte s'intéressait à Béran ; il lui parlait pendant des heures d'affilée, tant et tant qu'à la fin le garçon sentait sa tête s'alourdir et ses yeux se fermer. Ils jouaient à des jeux bizarres qui déconcertaient Béran et le laissaient mal à l'aise. En outre, ces derniers temps, il y avait des vides dans son esprit, il souffrait de trous de mémoire.

En ce moment même, Béran, assis devant la table d'ivoire du pavillon, tenait à la main un petit objet qu'il ne reconnaissait pas. Il ne se rappelait pas où il l'avait trouvé, mais il avait le sentiment qu'il devait en faire quelque chose. Il regarda son père et, brusquement, sentit une folle panique monter en lui. Bustamonte l'observait, les sourcils froncés. Gêné, Béran se redressa sur sa chaise. Il devait ouvrir les yeux et les oreilles, comme Bustamonte le lui avait ordonné. Furtivement, il inspecta l'objet qu'il tenait à la main. Il le trouva à la fois étrange et familier. Comme un souvenir issu d'un rêve, il sut que cet objet avait un usage précis — et la vague de panique le submergea de nouveau.

Il porta à sa bouche un morceau de queue de poisson grillée mais, comme d'habitude, il manquait d'appétit. Soudain, il se sentit observé. Tournant la tête, il rencontra le regard de l'étranger en brun et gris. Cet homme avait un visage frappant, long et maigre, un front dégagé, une moustache mince, un nez en proue de navire. Ses cheveux noirs et luisants, épais et courts, semblaient une fourrure. Ses yeux profondément enfoncés dans leurs orbites, son regard sombre et magnétique, réveillèrent toute la gêne de Béran. L'objet, dans sa main, était lourd et brûlant. Il avait envie de le jeter, mais il ne le pouvait pas.

Un dernier personnage prit la parole : Sigil Paniche, représentant commercial de Mercantil. la planète d'un monde voisin. Maigre intelligent rapide, Paniche avait la peau couleur de cuivre et des cheveux d'or bruni qu'il portait noués en chignon et fixés par des agrafes de turquoise. C'était le type même du Mercantile, vendeur et commerçant, homme des villes dans son essence comme les Paonais étaient un peuple issu du sol et de la mer. Sa planète était en relations d'affaires avec toute la galaxie ; les cargos spaciaux de Mercantil sillonnaient les cieux, livrant des machines, des véhicules, des avions, du matériel de communication, des outils, des armes, des générateurs d'énergie, retournant à Mercantil avec des denrées alimentaires, des produits de luxe et tous les matériaux bruts qu'il coûtait moins cher d'importer que de synthétiser.

Bustamonte murmura quelque chose à l'oreille d'Aiello, qui secoua la tête. Le murmure de Bustamonte se fit plus insistant. Aiello lui jeta un coup d'œil de côté, lent et sardonique. Bustamonte se rassit d'un air boudeur.

Sur un signal d'Aiello, le capitaine de la garde mamarone s'adressa aux convives d'une voix qui évoquait le grincement de l'acier : — Par ordre du Panarque, que tous ceux qui ont achevé leurs affaires s'en aillent.

Les chaises glissèrent silencieusement sur le sol de marbre. Les ministres se levèrent, tendirent les bras en signe de respect, à la manière paonaise, et prirent congé.

Seuls restèrent, de l'autre côté de la table, Sigil Paniche, ses deux assistants, et l'étranger en brun et gris

Le Mercantile changea de place, choisit un siège en face d'Aiello ; il salua, s'assit, et ses deux assistants se placèrent derrière lui.

Le Panarque Aiello leur souhaita la bienvenue

avec désinvolture ; les Mercantiles répondirent en un paonais hésitant.

Tout en les observant, Aiello jouait avec un compotier de fruits à l'eau-de-vie. — Pao et Mercantil sont en relations depuis plusieurs siècles, Sigil Paniche.

Le Mercantile salua. — Nous remplissons les termes exacts de nos contrats, c'est un principe pour nous.

Aiello eut un rire bref. — Le commerce avec Pao vous a enrichis.

— Nous négocions avec vingt-huit mondes, Suprématie.

Aiello se laissa coller en arrière sur son siège. — J'ai deux affaires à discuter avec vous. Comme vous venez de l'entendre, nous avons besoin d'eau pour l'Impland. Il nous faut une installation capable de déminéraliser une quantité appropriée d'eau océanique. Vous pouvez soumettre la question à vos ingénieurs.

— Je suis à vos ordres, sire[1].

1. La langue paonaise et la langue mercantile étaient aussi différentes que le mode de vie respectif de ces deux peuples. Le Panarque, en disant : « J'ai deux affaires à discuter avec vous », employait des termes qui, traduits littéralement, signifieraient : « *Déclaration-d'importance* (un seul mot en paonais) — *sur le point d'être faite* — deux ; oreille — du Mercantile — *en état d'alerte ;* bouche — de cette personne-ci — *en état de volition.* » Les mots en italique représentent des suffixes de condition.

La nécessité de paraphraser donne une impression de lourdeur. Mais la phrase paonaise, *Rhomel-en-shrai bogal-Mercantil-nli-en mous-es-nli-ro* emploie seulement trois phonèmes de plus que : « J'ai deux affaires à discuter avec vous. »

Les Mercantiles s'expriment en nets quanta d'informations précises. « Je suis à vos ordres, sir », correspondrait, traduit littéralement à : *Moi-Ambassadeur-ici-maintenant j'obéis-avec-joie aux ordres-exprimés-à-l'instant par vous Royauté Suprême-ici-maintenant-entendus et compris.*

Aiello reprit d'une voix calme, dénuée de toute émotion, presque indifférente. — Nous vous avons commandé, et vous nous avez livré de grosses quantités de matériel militaire.

Sigil Paniche acquiesça. Extérieurement, son attitude ne se modifia en rien ; pourtant, il eut brusquement l'air gêné. — Nous nous sommes exactement conformés à votre commande.

— Ce n'est pas mon avis, rétorqua Aiello.

Sigil Paniche se raidit ; son vocabulaire se fit encore plus compassé. — Je puis assurer Votre Suprématie que j'ai personnellement vérifié la livraison. Le matériel correspondait en tous points aux spécifications portées sur la commande et sur la facture.

Aiello reprit de son ton le plus froid : — Vous nous avez livré 64[1] moniteurs de barrage, 512 patrouilleurs, un grand nombre de résonateurs multiples, d'activateurs, de dards et d'armes individuelles. Tout cela correspond à notre commande.

— Exactement, sire.

— Cependant, vous n'étiez pas sans connaître la raison profonde de cette commande.

Sigil Paniche inclina sa tête cuivrée. — Vous voulez parler des conditions en vigueur sur la planète Batmarsh.

— Précisément. La dynastie Dolgerg a été éliminée. Une dynastie nouvelle, celle des Brumbos, a pris le pouvoir. La coutume veut que les nouveaux chefs de Clan entreprennent des expéditions militaires.

1. Le système numérique paonais est fondé sur le nombre 8. Donc, la centaine paonaise correspond au chiffre 64, le millier au chiffre 512, etc.

— Telle est, en effet, la tradition, dit le Mercantile.

— Vous avez fourni des armes à ces aventuriers.

De nouveau, Sigil Paniche fit signe que oui.

— Nous vendons à tous ceux qui désirent acheter. Voici longtemps que nous agissons ainsi. Vous ne pouvez nous le reprocher.

Aiello haussa les sourcils. — Mais je n'en fais rien. Ce que je vous reproche, c'est de nous avoir vendu un équipement standard tout en proposant au clan Brumbo un matériel contre lequel vous garantissiez que nous serions impuissants.

Sigil Paniche accusa le coup. — Quelle est la source de vos informations ?

— Dois-je me défaire de tous mes secrets ?

— Non, non, s'écria Paniche. Vos allégations, toutefois, me semblent erronées. Nous suivons une politique de neutralité absolue.

— Excepté dans les cas où vous pouvez tirer bénéfice du double jeu.

Sigil Paniche se redressa. — Suprématie, je suis le représentant accrédité de Mercantil sur Pao. Je dois donc considérer les paroles que vous venez de m'adresser comme des insultes officielles.

Aiello parut légèrement surpris. — Insulter un Mercantile ? Ridicule !

Le teint de Sigil Paniche vira au cramoisi.

Bustamonte se pencha vers Aiello et lui murmura quelque chose à l'oreille. Aiello haussa les épaules, se retourna vers le Mercantile. Sa voix était froide, ses termes soigneusement pesés.

— Pour les raisons que je viens d'exposer, je déclare que Mercantil n'a pas rempli son contrat. Les marchandises ne peuvent nous convenir. Nous ne paierons pas.

Sigil Paniche affirma : — Les articles livrés répondent aux spécifications du contrat. A son sens, il était inutile d'ajouter quoi que ce fût.

— Mais ils ne peuvent nous servir en rien et cela, Mercantil le savait.

Les yeux de Sigil Paniche se mirent à briller.

— Votre Suprématie n'a sans doute pas manqué d'envisager les conséquences d'une telle décision.

Bustamonte ne put retenir sa réplique.

— C'était aux Mercantiles d'envisager les conséquences possibles du double jeu.

Aiello eut un petit geste d'impatience, et Bustamonte se rassit.

Par-dessus son épaule, Sigil Paniche regarda ses subordonnés ; ils échangèrent des murmures anxieux. Puis, Paniche s'enquit : — Me sera-t-il permis de demander ce que sont ces « conséquences » auxquelles l'Ayudor vient de faire allusion ?

Aiello hocha la tête. — J'attire votre attention sur le personnage qui se trouve à votre gauche.

Tous les regards convergèrent sur l'étranger vêtu de brun et de gris. — Qui est cet homme ? demanda Sigil Paniche avec brusquerie. Je ne reconnais pas ses vêtements.

Aiello reçut des mains d'une jeune fille en robe noir et or un bol de sirop verdâtre. Fidèle à son devoir, Bustamonte en goûta une cuillerée. Aiello attira le bol vers lui, se mit à le siroter. — Cette personne est le seigneur Palafox. Il est ici pour nous conseiller. Il but une seconde gorgée, repoussa le bol. La jeune fille l'enleva promptement.

Sigil Paniche observa l'étranger avec une hostilité froide. Ses assistants murmurèrent entre eux. Bustamonte était avachi sur son siège.

— Somme toute, dit Aiello, si nous ne pouvons

pas nous fier à Mercantil pour assurer notre protection, nous sommes bien obligés de chercher ailleurs.

De nouveau, Sigil Paniche se tourna vers ses conseillers. Il y eut une discussion à voix basse ; Paniche fit claquer ses doigts d'un geste autoritaire, les conseillers s'inclinèrent et se turent. Paniche s'adressa à Aiello. — Naturellement, Votre Suprématie agira comme bon lui semble. Je dois lui rappeler, cependant, que rien n'égale les produits de Mercantil.

Aiello jeta un coup d'œil à l'homme vêtu de brun et de gris. — Je ne suis pas disposé à en discuter. Le Seigneur Palafox a peut-être son mot à dire là-dessus.

Mais Palafox secoua la tête.

Paniche fit un signe à l'un de ses subordonnés, qui s'avança à contrecœur. — Permettez-moi de vous montrer l'une de nos dernières découvertes. Le conseiller lui tendit une boîte, d'où il retira une paire de petits hémisphères transparents. A la vue de la boîte, les gardes du corps neutraloïdes s'étaient élancés devant Aiello avec leurs boucliers de réfrax. Sigil Paniche eut une grimace douloureuse. — Inutile de vous alarmer... il n'y a aucun danger.

Il présenta les hémisphères au Panarque, puis se les plaça sur les yeux. — Nos nouveaux optidynes ! Ils servent à la fois de microscopes et de télescopes. Leur portée extraordinaire est contrôlée par les muscles des yeux et des paupières. Vraiment merveilleux ! Par exemple... (Il se détourna, regarda par la fenêtre du pavillon.) — Je vois des cristaux de quartz dans les pierres de la muraille qui longe la mer. J'aperçois un chaton gris, là-bas, sous ce buisson de funella. — Il reporta son regard sur sa manche. — Je distingue les fils, les fibres des fils, les lamelles des fibres.

Il contempla Bustamonte. — J'observe les pores du respectable nez de l'Ayudor. Je remarque plusieurs poils à l'intérieur de ses narines. Il passa au Médallion, évitant prudemment le crime de lèse-majesté qu'eût été un examen direct d'Aiello. — Le brave garçon est excité. Je compte son pouls : un, deux, trois, quatre, cinq, six, sept, huit, onze, douze, treize... Il tient entre ses doigts un petit objet pas plus gros qu'une pilule. — (Il se tourna vers l'homme en gris.) — Je vois... son regard se figea ; d'un geste brusque, il écarta les optidynes.

— Que voyez-vous ? s'enquit Bustamonte.

Sigil Paniche étudia le grand étranger avec une expression qui dénotait à la fois le trouble et la crainte respectueuse. — J'ai vu son signe. Le tatouage d'un sorcier de Breakness !

Ces paroles semblèrent susciter une réaction chez Bustamonte. Il fusilla Aiello du regard, adressa à Palafox un coup d'œil haineux, puis s'absorba, morose, dans la contemplation de l'ivoire sculpté de la table.

— Vous ne vous trompez pas, dit Aiello. Cette personne est le seigneur Palafox, dominie de l'Institut de Breakness.

Sigil Paniche salua avec une extrême froideur. — Votre Suprématie me permettra-t-elle de lui poser une question ?

— Faites.

— Pourquoi le seigneur Palafox est-il à Pao ?

Aiello répliqua d'un air doucereux. — Il est venu sur ma demande. J'ai besoin des conseils d'un expert. Certains de mes confidents (il eut un regard assez méprisant pour Bustamonte), certains de mes confidents croient qu'il est possible d'acheter la coopération de Mercantil. Ils pensent que, pour une certaine somme, vous seriez disposés à trahir les Brumbos de Batmarsh comme vous nous avez trahis, nous.

Sigil Paniche dit d'une voix contenue : — Nos transactions ne se bornent pas à un seul type de marchandises. Nos clients peuvent requérir nos services pour des enquêtes spéciales.

D'une grimace de sa bouche rose, Aiello mima la répugnance. — Je préférerais m'adresser au seigneur Palafox.

— Pourquoi me dites-vous tout cela ?

— Je ne veux pas que vos syndics s'imaginent que leur trahison est passée inaperçue.

Sigil Paniche fit un grand effort. — Je vous supplie de réfléchir. Nous ne vous avons trompés en aucune manière. Nous vous avons livré exactement les articles commandés. Mercantil vous a bien servi dans le passé... nous espérons vous servir encore dans l'avenir. Si vous négociez avec Breakness, songez à ce qu'impliquerait ce marché !

— Je n'ai encore rien conclu avec le seigneur Palafox, dit Aiello, jetant un coup d'œil rapide à l'étranger en brun et gris.

— Peut-être, mais vous y viendrez... et, si je puis parler franchement... Il attendit.

— Je vous en prie, dit Aiello.

— ... vous risquez d'être déçu. Il s'enhardit. N'oubliez jamais, Suprématie, que l'on ne fabrique pas d'armes à Breakness. On n'y exploite pas les applications pratiques de la science. Il se tourna vers Palafox. — N'est-ce pas ?

— Ce n'est pas tout à fait vrai, répliqua Palafox. Un dominie de l'Institut n'est jamais sans armes.

— Mais fabrique-t-on à Breakness des armes destinées à l'exportation ? insista Paniche.

— Non, répondit Palafox avec un léger sourire. Chacun sait que l'on y fabrique exclusivement du savoir et des hommes.

Sigil Paniche s'adressa à Aiello. — Seules les armes peuvent vous protéger contre la furie des Brumbos. Pourquoi, à tout le moins, ne pas examiner quelques-uns de nos produits les plus récents ?

— Cela ne peut nous faire de mal, renchérit Bustamonte. Et peut-être après tout, n'aurons-nous pas besoin des services de Palafox.

Aiello le regarda d'un air irrité, mais, déjà, Sigil Paniche lui présentait un projecteur en forme de globe muni d'une poignée. — Voici l'une de nos découvertes les plus ingénieuses.

Le Médallion Béran qui assistait, fasciné, à la scène, se mit brusquement à trembler, le cœur serré par une indescriptible inquiétude. Pourquoi ? Comment ? Quoi ? Il devait quitter le pavillon, il devait partir ! Mais il ne pouvait bouger de son siège.

Paniche dirigeait son instrument vers le dôme de marbre rose. — Observez s'il vous plaît. La partie supérieure de la pièce, comme dissimulée par un panneau sombre, comme arrachée à l'existence, fut remplacée par un grand trou noir. Ce dispositif traque, attire et absorbe l'énergie de la phase visuelle, expliqua le Mercantile. Il est extrêmement précieux quand il s'agit de semer le trouble chez l'adversaire.

Béran tourna la tête, supplia Bustamonte du regard.

— Voyez maintenant ! cria Sigil Paniche. Je tourne ce bouton... Il tourna le bouton. La pièce disparut dans sa totalité.

La toux de Bustamonte rompit brusquement le silence.

Puis il y eut un sifflement de surprise, des bruissements d'étoffe, un cri étranglé.

La lumière revint. Des exclamations horrifiées retentirent ; tous les yeux se tournèrent vers le Panarque. Il gisait sur son divan de soie rose. Sa jambe tressauta nerveusement, ébranla les assiettes et les flacons posés sur la table.

— Au secours ! cria Bustamonte. Un médecin pour le Panarque !

Les poings d'Aiello martelèrent spasmodiquement l'ivoire ; ses yeux s'obscurcirent, sa tête retomba en arrière dans la totale lassitude de la mort.

III

Les médecins examinèrent délicatement Aiello, masse informe aux membres étalés de droite et de gauche. Béran, le nouveau Panarque, Souffle Déifié des Paonais, Tyran-Absolu des Huit Continents, Maître de l'Océan, Suzerain du Système et Dictateur Reconnu de l'Univers (entre autres titres) s'agitait sur sa chaise, ne manifestant ni compréhension ni chagrin. Les Mercantiles, en groupe serré, murmuraient entre eux ; Palafox, qui n'avait pas bougé de son siège, contemplait la scène sans grand intérêt.

Bustamonte, devenu Ayudor-Senior, ne perdit pas de temps pour affirmer l'autorité que l'on pouvait s'attendre à le voir employer, en sa qualité de régent. Il agita la main ; une escouade de Mamarones alla promptement se poster autour du pavillon.

— Personne ne sortira, déclara-t-il, avant que ces tragiques circonstances ne soient éclaircies. Il se tourna vers les médecins. — Avez-vous déterminé la cause de la mort ?

Le premier des trois médecins inclina la tête.

— Le Panarque a succombé au poison. La drogue a été administrée à l'aide d'un projectile en forme de pointe aiguisée, planté dans le côté gauche de sa gorge. Le poison... Il consulta les cadrans, les graphiques et les rouages colorés d'un analyseur dans lequel ses collègues avaient introduit quelques échantillons des fluides corporels d'Aiello. — Le poison est apparemment un dérivé du mépothanax. Il s'agit sans doute d'extine.

— Dans ce cas, dit Bustamonte, et son regard passa du groupe serré formé par les négociants mercantiles au grave seigneur Palafox, le crime a été commis par l'une des personnes présentes dans cette pièce.

Après un moment d'hésitation, Sigil Paniche s'approcha du cadavre. — Permettez-moi d'examiner cette aiguille.

Le médecin-chef lui indiqua une plaque de métal sur laquelle reposait l'aiguille noire avec son petit bulbe blanc.

Sigil Paniche avait les traits tirés. — Cet objet est celui que j'ai aperçu dans la main du Médallion il y a quelques instants.

Bustamonte donna libre cours à sa rage. Ses mâchoires rosirent, ses yeux s'enflammèrent. — Cette accusation... dans la bouche d'un trafiquant mercantile ! Vous accusez l'enfant d'avoir tué son père ?

Béran se mit à pleurnicher ; sa tête dodelina de droite et de gauche. — Suffit, siffla Bustamonte. La chose n'est que trop claire !

— Non, non, protesta Sigil Paniche, et les Mercantiles se regardèrent, blêmes, les bras ballants.

— Il n'y a aucun doute possible, reprit inexorablement Bustamonte. Vous êtes venus à Pergolai sachant que votre duplicité avait été découverte. Vous étiez résolus à en éluder les conséquences.

— Stupide ! s'écria le Mercantile. Comment aurions-nous pu former un plan aussi insensé ?

Bustamonte poursuivit d'une voix de tonnerre : — Le Panarque a refusé de se laisser attendrir ! Sous couvert de l'obscurité, vous avez tué le grand chef des Paonais.

— Non, non !

— Mais vous ne tirerez aucun bénéfice de ce crime. Vous me trouverez, moi, Bustamonte, plus intransigeant encore qu'Aiello. Votre condamnation sera mon premier acte d'autorité.

Bustamonte leva le bras, la paume tournée vers l'extérieur, les doigts enserrant le pouce... c'était le geste traditionnel qui signifiait la mort pour les Paonais. Il appela le capitaine des Mamarones. — Noyez ces individus. Il regarda le ciel ; le soleil était bas. — Dépêchez-vous, avant le coucher du soleil !

En hâte, car une superstition paonaise interdisait de donner la mort pendant les heures de nuit, les Mamarones portèrent les Mercantiles sur une falaise qui surplombait un bras de mer. On leur introduisit les pieds dans un tube lesté, on les jeta dans l'eau. Ils s'enfoncèrent, et la surface se referma sur eux, aussi calme qu'auparavant.

Vingt minutes plus tard, sur l'ordre de Bustamonte, le corps d'Aiello fut, à son tour, transporté sur la falaise, lesté sans cérémonie, et jeté à l'eau derrière les Mercantiles. De nouveau, un bouillonnement d'écume blanche s'épanouit à la surface de la mer ; de nouveau, les flots se refermèrent, tranquilles et bleus.

Le disque solaire hésitait à plonger dans l'océan. Bustamonte, Ayudor-Senior de Pao, arpentait nerveusement la terrasse à grandes enjambées énergiques.

Le seigneur Palafox, assis, le regardait. Aux deux extrémités de la terrasse, un Mamarone pointait sur l'étranger son lance-flammes, prêt à déjouer toute tentative de violence.

Bustamonte s'arrêta brusquement devant Palafox. — Ma décision a été sage... je n'en doute nullement.

— De quelle décision parlez-vous ?

— De celle qui concernait les Mercantiles.

Palafox hésita. — Vous éprouverez peut-être certaines difficultés à renouer des relations commerciales.

— Peuh ! Que pèse la mort de trois hommes quand il y a des bénéfices à obtenir.

— Elle ne pèse guère, sans aucun doute.

— Ces hommes étaient des traîtres et des voleurs. Ils méritaient bien leur sort.

— Et puis, observa Palafox, le crime a été suivi par un châtiment approprié, sans délai susceptible de troubler l'âme populaire.

— Justice a été faite, dit Bustamonte avec raideur.

Palafox hocha la tête. — Le rôle de la justice est, somme toute, de dissuader tous ceux qui pourraient en avoir envie de commettre le même méfait. Dans ce sens, on peut dire que l'exécution a bien été un acte de justice.

Bustamonte pivota sur ses talons, se remit à faire les cent pas sur la terrasse. — Il est vrai que j'ai obéi en partie à des considérations d'opportunité.

Palafox se tut.

— En toute sincérité, reprit Bustamonte, je dois admettre que les preuves désignent un autre coupable, et que l'élément majeur de la difficulté reste caché, comme la masse d'un iceberg.

— De quelle difficulté s'agit-il ?

— Que vais-je faire du jeune Béran ?

Palafox frotta son menton volontaire. — Il faut envisager la question dans son véritable contexte.

— Je ne vous comprends pas.

— Il s'agit de savoir si Béran a réellement tué le Panarque.

En avançant les lèvres, en écarquillant ses gros yeux, Bustamonte réussit à se muer en une créature grotesque, hybride de singe et de grenouille. — Sans aucun doute !

— Pourquoi l'aurait-il fait ?

Bustamonte haussa les épaules. — Aiello n'aimait pas Béran. Il n'est pas certain qu'il ait été son véritable père.

— Vraiment ? fit Palafox. Et de qui Béran serait-il le fils ?

De nouveau, Bustamonte haussa les épaules. — La Divine Pétraia ne faisait pas preuve d'une délicatesse particulière dans ses débordements, mais nous ne saurons jamais la vérité, Aiello l'ayant condamnée à la noyade il y a un an. Béran en a été très affligé, et c'est peut-être là qu'il faut chercher le mobile du crime.

— Me prenez-vous pour un imbécile ? s'enquit Palafox avec un sourire figé.

Bustamonte sursauta. — Pardon ? Que voulez-vous dire ?

— Le meurtre a été exécuté de façon précise. L'enfant semblait agir sous hypnose. Sa main était guidée par un autre cerveau.

— C'est votre avis ? Bustamonte fronça les sourcils. A qui donc pouvait appartenir « cet autre cerveau » ?

— Pourquoi pas à l'Ayudor-Senior ?

Bustamonte s'arrêta net, puis éclata de rire. —

Quelle idée fantastique ! Pourquoi pas à vous-même ?

— Je ne profite en rien de la mort d'Aiello, dit Palafox. Il m'a convoqué dans un but précis. A présent, il est mort et votre politique emprunte une orientation différente. On n'a plus besoin de moi ici.

Bustamonte le retint. — Pas si vite. Aujourd'hui n'est pas hier. Il se peut, comme vous le suggérez, que les Mercantiles se montrent difficiles à amadouer. Peut-être accepterez-vous de me servir comme vous auriez pu servir Aiello.

Palafox se leva. Le soleil plongeait peu à peu dans la mer ; il planait, orange, déformé, dans l'air épais. Une brise tintait parmi des clochettes de verre et tirait d'une harpe éolienne des sons flûtés, mélancoliques ; des cycades emplumées soupiraient et bruissaient.

Le soleil s'aplatit, se divisa en deux, puis en quatre.

— Vite ! dit Palafox. Regardez l'éclair de lumière verte !

La dernière barre rouge sang croula derrière l'horizon ; puis il y eut un rapide éclair émeraude, qui vira au bleu, et la lumière du soleil s'éteignit.

Bustamonte parla d'une voix lourde. — Béran doit mourir. Le parricide est prouvé.

— Vous réagissez avec trop de violence à la situation, observa doucement Palafox. Vos remèdes sont pires que la maladie.

— J'agis comme je le juge nécessaire, lança Bustamonte.

— Je suis prêt à vous débarrasser de l'enfant, dit Palafox. Il peut partir avec moi pour Breakness.

Bustamonte regarda Palafox en simulant la

surprise. — Que feriez-vous du jeune Béran ? Cette idée est ridicule. Je suis tout disposé à vous offrir un certain nombre de jeunes femmes pour accroître votre prestige, mais je vais commencer par donner des ordres en ce qui concerne Béran.

Palafox sourit, son regard se perdit dans le crépuscule. — Vous craignez que Béran ne devienne une arme dirigée contre vous. Vous désirez éliminer toute menace possible.

— Il serait stupide de le nier.

Palafox fixa le ciel. — N'ayez crainte. Il ne se souviendra de rien.

— Pourquoi vous intéressez-vous à lui ? s'enquit Bustamonte.

— Par caprice, disons. La voix de Bustamonte était sèche. — Je suis au regret de vous désobliger.

— Mieux vaut m'avoir pour ami que pour ennemi, répliqua Palafox avec suavité.

Bustamonte se figea. Il hocha la tête, très aimable soudain. — Je ferais peut-être mieux de reconsidérer la question. Après tout, l'enfant n'est guère susceptible de provoquer des ennuis... Venez, je vais vous conduire auprès de lui ; nous observerons sa réaction devant cette idée.

Bustamonte s'éloigna, en se balançant sur ses jambes courtes. Palafox le suivit avec un petit sourire.

Devant le portail, Bustamonte donna, à voix basse, un ordre bref au capitaine des Mamarones. Derrière lui, Palafox s'arrêta, le laissa s'éloigner. Puis, quand il ne fut plus à portée de voix, il s'adressa au grand neutraloïde noir, en levant la tête pour regarder le visage aux traits durs.

— Si je refaisais de vous un homme, comment me remercieriez-vous ?

Les yeux s'enflammèrent d'une lueur rapide,

les muscles jouèrent sous la peau noire. Le neutraloïde répliqua de son étrange voix douce.
— Comment je vous en remercierais ? En vous écrasant, en vous brisant le crâne. Je suis supérieur à un homme, supérieur à quatre hommes... pourquoi souhaiterais-je redevenir faible ?

— Ah ! s'étonna Palafox. Vous n'êtes pas sujet aux faiblesses humaines ?

— Si, soupira le neutraloïde. J'ai une faiblesse, hélas ! Il montra les dents en un sourire sinistre.
— J'éprouve à tuer une joie anormale ; étrangler de petits hommes pâles est mon occupation préférée.

Palafox se détourna, entra dans le pavillon. La porte se ferma derrière lui. Il regarda par-dessus son épaule. Le capitaine le contemplait fixement à travers le panneau transparent. Palafox se tourna vers les autres issues ; partout, des Mamarones montaient la garde.

Bustamonte avait pris place sur l'un des sièges en mousse noire, propriété d'Aiello. Il avait jeté sur ses épaules un manteau noir, le Noir Absolu du Panarque.

— Vous m'étonnez, vous, les hommes de Breakness, dit Bustamonte. Votre audace est remarquable ! Avec quelle désinvolture vous vous exposez au danger le plus pressant !

Palafox secoua la tête. — Nous ne sommes pas aussi téméraires que vous pourriez le croire. Un dominie ne se déplace jamais à l'étranger sans moyens d'assurer sa protection.

— Vous faites allusion à votre réputation de sorcellerie ?

Palafox hocha négativement la tête. — Nous ne sommes pas des magiciens. Mais nous avons à notre disposition des armes surprenantes.

Bustamonte inspecta le costume brun et gris

qui n'offrait aucune possibilité de dissimuler quoi que ce fût. — Ces armes, en tout cas, ne sont pas en évidence pour l'instant.

— Tant mieux.

Bustamonte ramena sur ses genoux les plis de son manteau noir. — Parlons franchement.

— Avec joie.

— Je contrôle Pao. En conséquence, je m'attribue le titre de Panarque. Qu'avez-vous à répondre à cela ?

— Je dirai que vous venez de formuler un syllogisme pratique. A présent, si vous voulez bien m'amener Béran, nous partirons tous les deux et nous vous laisserons assumer les responsabilités que vous imposent vos fonctions.

Bustamonte secoua la tête. — Impossible.

— Impossible ? Pas du tout.

— Impossible dans la perspective de mes intentions. Pao est régi par la continuité et la tradition. La sensibilité publique exige l'accession de Béran au trône. Il doit mourir avant que le peuple n'apprenne la mort d'Aiello.

Palafox caressa pensivement le trait noir de sa moustache.

— Dans ce cas, il est déjà trop tard.

Bustamonte se figea. — Que dites-vous ?

— Avez-vous écouté le bulletin d'informations en provenance d'Eiljanre ? Le speaker est justement en train de parler.

— Comment le savez-vous ? s'enquit Bustamonte.

Palafox lui montra le petit appareil incrusté dans le bras de son fauteuil. — Il vous sera facile de me prendre en défaut.

Bustamonte pressa le bouton. Une voix épaissie par une émotion artificielle sortit du mur. — Pleure et gémis, ô Pao ! Le grand Aiello, notre noble Panarque, est mort ! Hélas, hélas, hélas ! Dans notre désespoir, nos regards se tournent vers le ciel triste, et notre unique espérance, notre unique soutien en cette heure tragique est Béran, le nouveau Panarque ! Puisse son règne être aussi stable et glorieux que celui du grand Aiello !

Bustamonte fit face à Palafox comme un petit taureau noir.

— Comment la nouvelle s'est-elle répandue ?

Palafox répondit avec désinvolture. — C'est moi qui la leur ai apprise.

Les yeux de Bustamonte se mirent à briller. — A quel moment l'avez-vous fait ? Vous êtes constamment resté sous surveillance.

— Nous, les dominie de Breakness, dit Palafox, nous avons connaissance de quelques petits artifices.

La voix, dans le mur, ronronnait toujours. — Sur l'ordre du Panarque Béran, les Mamarones ont soumis les coupables à la noyade. L'Ayudor Bustamonte sert Béran avec une loyauté sans failles, et l'aidera à préserver l'équilibre.

La rage de Bustamonte se fit jour. — Croyez-vous pouvoir déjouer mes plans par cette simple ruse ? Il fit signe aux Mamarones. — Vous désirez rejoindre Béran. Vous serez avec lui... dans la vie et, dès l'aube demain matin, dans la mort.

Les gardes étaient derrière Palafox. — Fouillez cet homme ! cria Bustamonte. Inspectez-le avec soin.

Les gardes soumirent Palafox à une fouille extrêmement pointilleuse. Ils examinèrent ses vêtements centimètre par centimètre ; ils le tâtèrent et le houspillèrent sans la moindre considération pour sa dignité.

Ils ne découvrirent rien ; ni outils, ni armes, ni

instruments de quelque sorte que ce fût. Bustamonte assistait à la scène sans dissimuler son intérêt ; il sembla déçu par le résultat négatif.

— Comme c'est étrange ! s'exclama-t-il avec mépris. Vous, un sorcier de l'Institut de Breakness ! Où sont vos appareils, vos trucs infaillibles, vos mystérieux générateurs d'énergie ?

Palafox, qui n'avait manifesté aucune émotion pendant la fouille, répliqua d'une voix aimable :

— Hélas, Bustamonte, je ne puis répondre à vos questions.

Bustamonte eut un gros rire. Il fit signe aux gardes. — Mettez-le sous les verrous.

Les neutraloïdes saisirent les bras de Palafox.

— Encore un mot, dit Palafox, car vous ne me reverrez plus à Pao.

Bustamonte acquiesça. — Cela, je n'en doute pas.

— Je suis venu sur la requête d'Aiello pour négocier un contrat.

— Quelque mission infâme ! s'exclama Bustamonte.

— Plutôt un échange de surplus destiné à satisfaire nos besoins respectifs, dit Palafox. Ma sagesse en échange de votre population.

— Je n'ai pas le temps de me perdre en propos abscons. Bustamonte fit signe aux gardes. Ils entraînèrent Palafox vers la porte.

— Laissez-moi parler, dit Palafox avec douceur. Les gardes ne lui prêtèrent aucune attention. Il fit un petit geste ; les neutraloïdes hurlèrent et, d'un bond, s'écartèrent de lui.

— Qu'est-ce que c'est ? fit Bustamonte, se levant brusquement.

— Il brûle ! Il projette des radiations enflammées.

Palafox parla d'une voix calme. — Comme je viens de vous le dire, nous ne nous reverrons plus à Pao. Mais vous aurez besoin de moi, et le marché d'Aiello vous paraîtra tout à fait raisonnable. Il salua Bustamonte, se tourna vers les gardes — Venez, à présent nous pouvons partir.

IV

Le menton posé sur l'appui de la fenêtre, Béran regardait la nuit. Le ressac phosphorescent luisait sur la plage, le ciel était piqueté d'étoiles assemblées en grands amas figés. On ne distinguait rien d'autre.

La pièce, située tout en haut de la tour, était sinistre avec ses murs de fibre nue, sa fenêtre d'un seul tenant, sa porte qui s'intégrait étroitement au chambranle. C'était une prison... et Béran ne l'ignorait pas.

Un bruit léger lui parvint d'en bas, le grognement rauque d'un neutraloïde qui riait. Béran se dit qu'on se moquait de lui, de la fin misérable qu'allait connaître sa jeune existence. Les larmes lui montèrent aux yeux, mais, à la façon des enfants paonais, il ne manifesta pas autrement son émotion.

Il y eut du bruit à la porte. La serrure bourdonna, le panneau glissa sur lui-même, révélant le seigneur Palafox entre deux neutraloïdes.

Rempli d'espoir, Béran fit un pas en avant... mais l'attitude des trois personnages le figea sur place. Les neutraloïdes poussèrent Palafox dans la pièce. La porte se referma. Béran, déprimé, baissa la tête.

Du regard, Palafox fit le tour de la pièce, assimilant en un seul coup d'œil chaque détail. Il alla écouter à la porte, puis, en trois longues enjambées élastiques, se dirigea vers la fenêtre. Il regarda au-dehors. Il n'y vit que des étoiles et les vagues qui déferlaient sur le sable. De la langue, il toucha une région clef à l'intérieur de sa bouche ; une voix infinitésimale, celle du speaker d'Eiljanre, parla dans son oreille même. La voix était excitée : — De Pergolai, l'Ayudor Bustamonte vient de nous faire parvenir des nouvelles graves ! Au cours de l'attentat criminel qui a coûté la vie au Panarque Aiello, le Médaillion, lui aussi, a été blessé, et sa vie est en danger ! Les meilleurs médecins de Pao veillent à son chevet. L'Ayudor Bustamonte demande que tous s'unissent pour projeter une immense onde d'espérance convergeant vers le Médaillion !

De la langue, Palafox coupa le son. Il se tourna vers Béran, lui fit signe. Béran s'approcha. Palafox se pencha vers lui et lui murmura à l'oreille.

— Nous sommes en danger. On écoute tout ce que nous disons. Ne parlez pas, mais regardez-moi bien... et obéissez rapidement quand je vous l'ordonnerai.

Béran hocha la tête. De nouveau, Palafox inspecta la pièce, un peu plus lentement cette fois. Pendant qu'il s'y occupait, une section de la porte devint transparente ; un œil regarda au travers.

Enervé, Palafox leva la main, mais se retint. Au bout d'un moment, l'œil disparut, le mur redevint opaque.

D'un bond, Palafox fut à la fenêtre ; il pointa son index. Un trait de feu en jaillit, qui ouvrit en sifflant une brèche dans la vitre. Elle se détacha et, sans que Palafox eût le temps de la rattraper, disparut dans l'obscurité.

— Vite ! murmura Palafox. Ici ! Tout de suite ! Béran hésita. Vite ! reprit Palafox, toujours à voix basse. Avez-vous envie de vivre ? Sautez sur mon dos, vite !

En bas retentirent des bruits de pas, des exclamations.

Quelques instants plus tard, la porte glissa sur elle-même. Trois Mamarones firent irruption sur le seuil. Ils s'arrêtèrent, firent, des yeux, le tour de la pièce, et coururent à la fenêtre.

Le capitaine se tourna vers les hommes. — Descendons ! S'ils se sont enfuis, c'est le fond de la mer qui nous attend !

Ils fouillèrent les jardins, mais n'y purent trouver trace de Palafox ou de Béran. Ils s'assemblèrent sous la lumière des étoiles, groupe plus sombre que la nuit, conférèrent à voix basse et, après une courte discussion, parvinrent à une décision. Leurs voix douces se turent ; ils s'éclipsèrent dans l'obscurité.

Tout groupe de personnes, quel que soit le nombre et l'homogénéité des individus qui le composent ou la fermeté avec laquelle ils professent une doctrine commune, ne tarde pas à se scinder en groupes plus petits épousant des versions différentes de la même foi ; de ces sous-groupes surgissent à leur tour des sous-sous-groupes, et ainsi de suite jusqu'à la limite dernière de l'individu unique, dans lequel, du reste, s'expriment les tendances opposées.

ADAM OSTWALD.
La Société Humaine.

V

Les Paonais, bien qu'ils fussent quinze milliards, formaient le groupe le plus homogène que l'on pût trouver dans l'univers humain. Néanmoins, chez eux, c'étaient les caractéristiques communes qui passaient pour normales, et les différences, si minimes qu'elles fussent, qui attiraient l'attention.

Ainsi, l'on considérait les gens de Minamand — et surtout ceux de la capitale, Eiljanre — comme frivoles et citadins dans l'âme. Ceux de Hivand, le plus plat et le plus monotone des continents paonais, offraient l'exemple de la naïveté bucolique. Ceux de Nonamand, le sinistre continent méridional, avaient la réputation d'être économes et durs à l'ouvrage, tandis que les habitants de Vidamand, qui cultivaient des raisins, des fruits, et mettaient en bouteilles presque tout le vin de Pao, étaient considérés comme expansifs et généreux.

Depuis plusieurs années, Bustamonte entretenait une équipe d'informateurs secrets, dispersés sur les huit continents. Un matin, de bonne heure, il arpentait la galerie aérienne de son palais de Pergolai. Il était soucieux. Les événements ne s'arrangeaient pas au mieux. Sur les huit continents, trois seulement semblaient l'accepter comme Panarque *de facto :* Vidamand, Minamand et Dronamand. De Shraimand, Aimand, Nonamand, Hivand et Impland, ses agents lui faisaient parvenir des rapports qui indiquaient la présence d'une vague d'insoumission sans cesse croissante.

Rien ne laissait présager une rébellion active ; il n'y avait ni manifestations ni défilés. Chez les Paonais, le mécontentement s'exprimait sous forme de mauvaise volonté, de lenteur dans le fonctionnement des services publics, d'un manque de coopération chez les civils. Ce genre de situation avait déjà entraîné, dans le passé, une crise économique et un changement de dynastie.

Réfléchissant à sa position, Bustamonte fit craquer nerveusement ses phalanges. Il ne lui restait plus qu'un seul parti à prendre. Le Médallion devait mourir et, avec lui, le sorcier de Breakness.

Le jour s'était levé ; on pouvait à présent les exécuter dans les règles.

Il descendit à l'étage principal, appela l'un des Mamarones. — Faites venir le capitaine Mornume.

Plusieurs minutes passèrent. Le neutraloïde revint.

— Où est Mornume ? s'enquit Bustamonte.

— Le capitaine Mornume et deux hommes de l'escouade ont quitté Pergolai.

Stupéfait, Bustamonte pivota sur ses talons.

— Quitté Pergolai ?

— C'est ce qu'on m'a dit.

Bustamonte fusilla le garde du regard, puis tourna la tête vers la tour. — Venez ! Il se précipita vers l'ascenseur, qui l'enleva, lui et son compagnon, à la vitesse de l'éclair. Il courut à la cellule, l'inspecta par le judas. Enfin, fou de rage, il fit glisser la porte, traversa la pièce, alla à la fenêtre.

— Tout est clair, bredouilla-t-il. Béran a disparu. Le Dominie a disparu. Ils ont fui tous les deux à Eiljanre. Je vais avoir des ennuis.

Il resta quelques instants immobile, les yeux fixés sur le lointain. Enfin, il se retourna. — Vous vous appelez Andrade ?

— Hessenden Andrade.

— Vous êtes promu au grade de capitaine, en remplacement de Mornume.

— Très bien.

— Nous retournons à Eiljanre. Prenez les dispositions nécessaires.

Bustamonte descendit sur la terrasse, se servit un verre de brandy et s'assit. Manifestement, Palafox désirait que Béran devînt Panarque. Les Paonais aimaient à être régis par un jeune Panarque et se montraient hostiles à tout hiatus dynastique dans la dynastie, qui troublait leur besoin d'une continuité éternelle. Il suffirait à Béran de paraître à Eiljanre pour être aussitôt porté en triomphe jusqu'au Grand Palais et revêtu du Noir Absolu.

Bustamonte but une longue gorgée de brandy Ainsi, il avait échoué. Aiello était mort. Bustamonte ne pourrait jamais démontrer que la main de Béran avait lancé le fatal projectile. Du reste, n'avait-on pas imputé la responsabilité de ce crime aux trois Mercantiles exécutés ?

Que faire ? Il n'y avait plus qu'une solution : se

rendre à Eiljanre dans l'espoir de s'y établir comme Ayudor-Senior et de se faire attribuer la régence pour le compte de Béran. A moins d'être trop fermement guidé par Palafox, Béran ne lui tiendrait probablement pas rigueur de son emprisonnement ; et si Palafox se montrait intransigeant, il existait des moyens de s'en débarrasser.

Bustamonte se leva. A Eiljanre, se dit-il, pour y manger le pain de l'humiliation. Il avait déjà passé plusieurs années à jouer les sycophantes pour Aiello et l'expérience lui servirait.

Durant les heures et les jours qui suivirent Bustamonte eut trois surprises d'importance croissante.

D'abord, il découvrit que ni Palafox ni Béran n'étaient arrivés à Eiljanre, et que leur présence n'était signalée nulle part sur le territoire de Pao. Bustamonte, d'abord hésitant, circonspect respira mieux. Les deux fugitifs avaient-ils succombé à quelque catastrophe imprévisible ? Palafox avait-il enlevé le Médallion pour des raisons qui lui étaient personnelles ?

Cette incertitude n'avait rien d'agréable. Tant qu'il ne serait pas certain de la mort de Béran, il ne pourrait jouir en paix des prérogatives qui accompagnaient l'état de Panarque : De même, le doute avait infecté les immenses populations paonaises. La résistance augmentait chaque jour ; les informateurs de Bustamonte lui signalaient que partout on le désignait sous le sobriquet de Bustamonte Bereglo. « Bereglo » était un terme typiquement paonais ; il désignait un tueur d'abattoir maladroit, ou un animal qui tourmente et torture sa victime.

Bustamonte rageait intérieurement, mais se consolait en se donnant les apparences de la fidélité, et en espérant, soit que la population l'accepterait comme Panarque, soit que Béran apparaîtrait pour démentir les rumeurs et donner prise à une tentative d'assassinat plus sérieuse.

C'est alors que vint le deuxième choc.

L'Ambassadeur mercantile fit parvenir à Bustamonte une note qui reprochait en termes très vifs au gouvernement paonais l'exécution sommaire des trois attachés, rompait toutes les relations commerciales jusqu'au paiement d'une indemnité, et établissait le montant de ladite indemnité : une somme ridiculement élevée pour un dictateur paonais qui, chaque jour, dans le cours de ses fonctions, pouvait condamner à mort quelque cent mille personnes.

Bustamonte avait espéré négocier un nouveau contrat d'armement. Comme il l'avait conseillé à Aiello, il offrait une prime pour s'assurer les droits exclusifs des armes les plus modernes. La note de l'Ambassadeur mercantile mettait un terme à tous ses espoirs dans ce domaine.

Le troisième choc fut le plus dévastateur de tous ; il réduisit même les deux premiers à la proportion d'incidents.

Le clan brumbo des Batmarsh, parvenu à l'état de dynastie régnante malgré l'opposition d'une vingtaine de rivaux hargneux, avait besoin de quelques haut fait pour cimenter sa position. En conséquence, Eban Buzbek, chef des Brumbos, rassembla une centaine d'astronefs, les chargea de guerriers, et se lança à la conquête du grand Pao.

Peut-être, à l'origine, ne prévoyait-il qu'un simple raid : un atterrissage, une attaque brutale, un rapide pillage, et voilà tout... mais, une fois passé le cercle extérieur de détecteurs, il ne rencontra qu'un semblant de résistance, puis, lorsqu'il atterrit sur Vidamand, le continent le moins peuplé, il n'en rencontra plus du tout. C'était un succès qui dépassait les espoirs les plus fous !

Eban Buzbek, avec ses dix mille hommes, marcha sur Donaspara, la capitale de Shraimand ; personne ne s'opposa à son avance. Six jours après son atterrissage à Pao, il entrait à Eiljanre. La populace regarda passer, maussade, son armée glorieuse ; elle laissa piller ses biens et violer ses femmes sans le moindre geste de révolte. L'esprit combatif — fût-ce la tactique de la guérilla — n'était pas une caractéristique paonaise.

VI

Béran, Médallion et fils du Panarque Aiello, avait mené jusque-là une vie sans histoire. Son régime étant soigneusement étudié et équilibré, il n'avait jamais souffert de la faim, donc jamais apprécié réellement ses repas. Ses distractions étaient supervisées par un corps de gymnastes entraînés, et considérées comme des « exercices » ; en conséquence, il ne ressentait aucune inclination pour les jeux. On l'habillait, on le pomponnait ; on écartait de son chemin tout obstacle, toute menace ; jamais il n'avait affronté une difficulté quelconque, jamais il n'avait connu le triomphe.

Assis sur les épaules de Palafox qui, par la fenêtre, venait de pénétrer dans la nuit, Béran avait l'impression de vivre un cauchemar. Une brusque sensation de chute... ils étaient en train de tomber ! Son estomac se contracta, son souffle s'étrangla dans sa gorge. Il se tortilla, hurla de peur. Ils tombaient, tombaient toujours. Quand s'écraseraient-ils ?

— Silence, fit brièvement Palafox.

Les yeux de Béran commençaient à s'accoutumer aux ténèbres. Il cligna des paupières. Son regard rencontra une fenêtre éclairée. Elle passa au-dessous de leur niveau. Ils ne tombaient pas, ils montaient ! Ils étaient au-dessus de la tour, au-dessus du pavillon ! Ils flottaient dans la nuit, légers comme des bulles, vers le ciel étoilé. Béran finit par se persuader qu'il ne rêvait pas ; c'était donc par la magie du sorcier de Breakness qu'ils planaient dans les airs, soufflés comme le duvet du chardon. A mesure que grandissait son émerveillement, sa peur diminuait. Il regarda Palafox.

— Où allons-nous ?

— Là où j'ai ancré ma nef.

Béran contempla le pavillon qui étincelait, multicolore, comme une anémone de mer. Il ne souhaitait pas y retourner ; il éprouvait simplement une sorte de regret vague. Pendant quinze paisibles minutes, ils flottèrent vers le ciel, et le pavillon se mua en une petite tache de couleur, bien loin au-dessous d'eux.

Palafox tendit la main gauche ; les impulsions émises par le système de radar tissé dans sa paume lui revinrent, réfléchies par le sol et converties en stimuli. Ils étaient assez haut. Du bout de la langue, Palafox toucha l'une des plaques insérées dans le tissu de sa joue, prononça une syllabe brève.

Quelques minutes passèrent ; Palafox et Béran flottaient comme des spectres. Puis une forme allongée surgit, qui leur masqua le ciel. Palafox tendit le bras, saisit une rampe, s'élança, Béran toujours sur ses épaules, le long de la coque jusqu'au sas d'entrée. Il poussa l'enfant à l'intérieur, le suivit et referma le panneau.

Des lumières s'allumèrent.

Béran, trop abasourdi pour s'intéresser aux événements, s'écroula sur un banc. Il regarda Palafox monter sur un pont surélevé, abaisser une manette. Le ciel se ternit, et les pulsations du mouvement dans le subespace le prirent dans leur filet.

Palafox descendit de la plate-forme, contempla Béran comme on examine un insecte. Béran ne put soutenir son regard.

— Où allons-nous ? demanda-t-il, non qu'il s'en souciât, mais parce qu'il ne trouvait rien de mieux à dire.

— A Breakness.

Le cœur de Béran fit un petit bond dans sa poitrine.

— Pourquoi dois-je partir ?

— Parce que, à présent, vous êtes Panarque. Si vous restiez à Pao, Bustamonte vous tuerait.

Béran reconnut la vérité de ce raisonnement. Il jeta un coup d'œil furtif à Palafox... qui ne ressemblait plus du tout à l'étranger silencieux assis à la table d'Aiello. Ce Palafox-là était grand comme un démon de feu, magnifique d'énergie contenue. Un sorcier, un sorcier de Breakness !

Palafox regarda Béran. — Quel âge avez-vous petit ?

— Neuf ans.

Palafox caressa son menton allongé. — Mieux vaut que vous sachiez ce que l'on attend de vous. Le programme, dans son ensemble, n'est guère compliqué. Vous vivrez à Breakness, vous suivrez les cours de l'Institut, vous serez mon pupille, et, le moment venu, vous me servirez comme le font mes fils.

— Vos fils ont-ils mon âge ? demanda Béran avec espoir.

— J'ai beaucoup de fils ! rétorqua Palafox avec un orgueil sévère. Je les compte par centaines. Remarquant l'intérêt fasciné que Béran prêtait à ses discours, il eut un rire sans gaieté. — Beaucoup de choses vous sont incompréhensibles... Pourquoi me fixez-vous ainsi ?

Béran répondit sur un ton d'excuse. — Si vous avez tant d'enfants, vous devez être vieux, beaucoup plus vieux que vous n'en avez l'air.

Le visage de Palafox se transforma de façon étrange. Ses joues rougirent, ses yeux se mirent à scintiller comme des éclats de verre. Il dit d'une voix lente, glacée : — Je ne suis pas vieux. Ne répétez jamais cela. C'est une chose qu'il ne faut pas dire à un dominie de Breakness.

— Je regrette, balbutia Béran. Je croyais...

— Aucune importance. Venez, vous êtes fatigué, vous allez dormir.

Béran s'éveilla tout étonné de ne pas se trouver dans son lit rose et noir. Lorsqu'il eut réfléchi à sa situation, il la trouva relativement encourageante. L'avenir promettait d'être intéressant et, quand il retournerait à Pao, il emporterait avec lui toute la science secrète de Breakness.

Il se leva, déjeuna en compagnie de Palafox qui semblait d'excellente humeur, ce qui l'encouragea à poursuivre son enquête. — Etes-vous vraiment sorcier ?

— Je ne fais pas de miracles, dit Palafox, excepté, peut-être, ceux de l'esprit.

— Mais vous flottez dans les airs ! Votre index projette des flammes !

— Cela, tout dominie de Breakness en est capable.

Béran contempla avec admiration le long visage ardent. — Alors, vous êtes tous sorciers ?

— Bah ! s'exclama Palafox. Ces pouvoirs résultent de modifications physiques. Je suis hautement modifié.

La stupeur de Béran se teinta de doute. — Les Mamarones sont modifiés, mais...

Du haut de sa taille, Palafox lui adressa un sourire de loup. — Cette comparaison est inepte. Les neutraloïdes peuvent-ils flotter dans les airs ?

— Non.

— Nous ne sommes pas des neutraloïdes, dit Palafox avec netteté. Nos modifications accentuent nos pouvoirs au lieu de les éliminer. Un réseau antigravité est tissé dans la peau de mes pieds. Un système de radar greffé dans ma main gauche, ma nuque et mon front me fournit un sixième sens. Je vois trois couleurs au-dessous du rouge et quatre au-dessus du violet. J'entends les ondes radio. Je marche sous l'eau, je flotte dans les airs. L'os de mon front est remplacé par un tube de projection. J'ai encore un certain nombre de pouvoirs, qui tirent leur énergie d'un générateur dans ma poitrine.

Béran resta silencieux. Puis il demanda timidement : — A Breakness, est-ce que je serai modifié, moi aussi ?

Palafox le considéra, comme frappé d'une idée nouvelle. — Si vous faites exactement ce que je vous dirai de faire.

Béran tourna la tête. — Que devrai-je faire ?

— Il est inutile de vous en préoccuper pour le moment.

Béran se dirigea vers le hublot et regarda au-dehors, mais il n'y avait à voir que les stries grises et noires provoquées par la vitesse.

— Dans combien de temps serons-nous à Breakness ? demanda-t-il.

— Nous y serons bientôt... Eloignez-vous du hublot. Le spectacle du sub-espace peut blesser un cerveau sensible.

Sur le tableau de bord, les indicateurs vibrèrent et frémirent ; la nef fit une brusque embardée.

Palafox alla se poster sous le dôme d'observation. — Voici Breakness.

Béran, juché sur la pointe des pieds, vit un monde gris et, derrière, un petit soleil blanc. La nef fendit l'atmosphère avec un sifflement aigu, et le monde s'agrandit.

Béran aperçut des montagnes dont l'immensité défiait l'imagination : des éperons rocheux hauts de soixante kilomètres, givrés par la glace et la neige, au sommet desquels s'effilochaient des plumets de vapeur. La nef survola un océan gris-vert, marbré d'algues flottantes amalgamées, puis de nouveau, les récifs.

Elle avait ralenti, à présent. Elle plongea dans une grande vallée aux flancs de roc, dont le fond disparaissait dans le brouillard et les ténèbres. Au sommet d'une pente escarpée, large comme une prairie, on distinguait une sorte de croûte grisâtre. La nef approcha, et la croûte devint une petite cité accrochée au flanc de la montagne. Les bâtiments étaient bas, faits de roche coulée, avec des toits d'un brun roussâtre ; certains, reliés les uns aux autres, surplombaient l'abîme comme une chaîne. L'effet était sinistre, mais pas imposant le moins du monde.

— Est-ce là Breakness ? demanda Béran.

— C'est l'Institut, répondit Palafox.

Vaguement déçu, Béran insista. — Je m'attendais à autre chose.

— Nous accordons peu d'importance aux apparences, observa Palafox. Somme toute, les dominies sont peu nombreux. Nous nous voyons rarement.

Béran voulut parler, puis hésita, sentant qu'il abordait un sujet délicat. D'une voix prudente, il demanda : — Est-ce que vos fils habitent tous avec vous ?

— Non, fit Palafox, brièvement. Ils suivent les cours de l'Institut, bien sûr.

La nef descendait lentement ; les indicateurs, sur le tableau de bord, étaient agités de soubresauts, comme s'ils eussent été doués de vie.

Béran, qui regardait l'abîme, se rappela, avec une soudaine nostalgie, les paysages et les océans bleus de sa planète natale. — Quand retournerai-je à Pao ? demanda-t-il, anxieux.

Palafox, qui pensait à autre chose, répondit avec désinvolture : — Dès que les circonstances le permettront.

— Mais ce sera dans combien de temps ?

Palafox lui jeta un coup d'œil rapide. — Voulez-vous devenir Panarque de Pao ?

— Oui, fit Béran, avec décision. A condition que je sois modifié.

— Peut-être vos souhaits seront-ils satisfaits. Mais n'oubliez jamais une chose : qui ne donne rien n'a rien.

— Que devrai-je donner ?

— Nous en discuterons plus tard.

— Bustamonte ne m'accueillera pas avec plaisir, dit sombrement Béran. Je crois que lui aussi voudrait bien être Panarque.

Palafox rit. — Bustamonte a quelques petits problèmes à résoudre. Réjouissez-vous que la tâche en incombe à lui et non à vous.

VII

Les problèmes de Bustamonte étaient de taille. Ses rêves de grandeur avaient fait long feu. Au lieu de régner sur huit continents paonais et de tenir sa cour à Eiljanre, il devait se contenter d'une petite escorte qui comprenait une douzaine de Mamarones, trois de ses concubines les moins désirables, et quelques magistrats maussades. Son royaume était un village perdu dans les marais pluvieux de Nonamand ; son palais, une taverne. Encore devait-il ces prérogatives au bon vouloir des Brumbos qui, jouissant des fruits de leur conquête, ne tenaient pas outre mesure à se lancer à sa poursuite et à le détruire.

Un mois s'écoula. L'humeur de Bustamonte s'aigrit. Il battait ses concubines, il insultait les membres de sa suite. Les bergers de la région prirent l'habitude d'éviter le village qui lui servait de résidence ; l'aubergiste et les villageois se renfermèrent dans un mutisme sans cesse croissant, jusqu'au jour où Bustamonte s'éveilla pour trouver le village désert, les marais vides de troupeaux.

Il envoya la moitié de ses neutraloïdes en quête de nourriture, mais ils ne revinrent jamais. Les ministres se mirent à parler ouvertement d'aller chercher refuge dans un endroit plus hospitalier. Bustamonte eut beau promettre, discuter, l'esprit paonais cédait difficilement à la persuasion.

A l'aube d'un jour particulièrement sinistre, les derniers neutraloïdes décampèrent. Refusant de bouger, les concubines allèrent s'asseoir dans un coin, serrées les unes contre les autres, en reniflant lamentablement. Toute la matinée, la pluie tomba, l'humidité envahit la taverne. Bustamonte ordonna à Est Coelho, ministre des Transports intercontinentaux, de faire du feu dans la cheminée : or Coelho n'était pas d'humeur à obéir passivement à ses ordres. La discussion s'envenima ; en conséquence, les ministres s'élancèrent comme un seul homme sous la pluie et partirent pour le port côtier de Spyrianthe.

Les trois femmes s'agitèrent, suivirent les ministres du regard, puis, avec un bel ensemble, se retournèrent, jetant à Bustamonte un coup d'œil sournois. Mais Bustamonte veillait. En voyant son expression, elles reprirent, avec des soupirs et des gémissements, leur attitude première.

Jurant, soufflant, Bustamonte brisa les meubles de la taverne et fit un feu qui rugit dans la cheminée.

Dehors retentit un concert de hurlements, un sauvage *rip-rip-rip !*

Bustamonte sentit le cœur lui manquer, sa mâchoire s'affaissa. C'était le cri de chasse des Brumbos, l'appel du Clan.

Les hurlements et les *rip-rip-rip !* se firent plus violents, descendirent l'unique rue du village.

Bustamonte jeta un manteau sur ses épaules trapues, alla à la porte, l'ouvrit toute grande, sortit sur le gravier.

Sur la route des marais, il vit déboucher ses

ministres qui trottinaient comme des moutons ; au-dessus de leur têtes, une douzaine de guerriers du clan Brumbo, montés sur leur chevaux-volants, caracolaient en hurlant et en vociférant. Dès qu'ils aperçurent Bustamonte, les guerriers poussèrent un cri de triomphe, se laissèrent glisser du haut de leur selle, firent atterrir leurs montures et se jetèrent en avant, tous désireux d'être le premier à poser la main sur la nuque de l'Ayudor.

Bustamonte fit un pas en arrière, résolu à mourir en préservant sa dignité. Il sortit son lance-feu et le sang aurait coulé si les guerriers brumbos n'avaient reculé.

Alors arriva Eban Buzbek en personne, petit homme sec aux oreilles en feuilles de choux, aux cheveux jaunes tressés en une natte longue de trente centimètres. La quille de son cheval-volant racla le gravier, les tuyères se turent après un dernier crachotement.

Eban Buzbek traversa en jouant des coudes le groupe sanglotant des ministres, tendit la main pour saisir Bustamonte par la nuque et l'obliger à s'agenouiller. Bustamonte se rencogna dans l'embrasure de la porte et pointa son lance-feu. Mais les guerriers brumbos étaient rapides, leurs pistolets-chocs tonnèrent, repoussant avec violence Bustamonte contre le mur. Eban Buzbek le saisit par le cou et le jeta dans la boue de la rue.

Bustamonte se releva lentement, tremblant de rage.

Eban Buzbek agita la main. Ses guerriers s'emparèrent de Bustamonte, le troussèrent comme un poulet à l'aide de leurs ceintures, le roulèrent dans un filet. Puis, sans autre cérémonie, ils sautèrent en selle et reprirent leur chevauchée aérienne, Bustamonte suspendu au troussequin comme un vulgaire cochon que l'on emmène au marché.

A Spyrianthe, le groupe prit place dans un aéronef surmonté d'un dôme. Bustamonte, étourdi par le vent, à demi mort de froid, se laissa glisser sur le pont et ne sut rien de son retour à Eiljanre.

L'aéronef se posa dans la cour du Grand Palais ; à la hâte, on fit traverser à Bustamonte les vestibules dévastés, et on l'enferma dans une chambre.

Tôt dans la matinée du lendemain, deux servantes l'éveillèrent. Elles le lavèrent, le revêtirent d'un costume propre, lui apportèrent à boire et à manger.

Une heure plus tard, la porte s'ouvrit. Un guerrier fit signe à Bustamonte de s'avancer. Il s'exécuta, pâle, nerveux, mais indompté.

On le conduisit dans un petit salon du matin dont les fenêtres donnaient sur les célèbres serres du palais. Eban Buzbek l'attendait, avec un groupe de guerriers et un interprète mercantile. Il semblait d'excellente humeur et, en voyant apparaître Bustamonte, il hocha la tête d'un air jovial. Il prononça quelques mots dans la langue saccadée de Batmarsh ; le Mercantile traduisit.

— Eban Buzbek espère que vous avez passé une bonne nuit.

— Que me veut-il ? grommela Bustamonte.

Après traduction du message, Bustamonte répondit par un discours assez long. Le Mercantile écouta attentivement, puis se tourna vers Bustamonte.

— Eban Buzbek retourne à Batmarsh. Il dit que les Paonais sont maussades et entêtés. Ils refusent de coopérer comme devrait le faire un peuple vaincu.

Cette nouvelle ne fut pas pour étonner Bustamonte.

— Eban Buzbek est déçu par les Paonais. Ce sont, dit-il, de véritables poules mouillées qui refusent et de se battre, et d'obéir. Il n'est pas satisfait de sa conquête.

Bustamonte fusilla du regard le guerrier aux cheveux nattés qui se prélassait sur le trône Noir.

— Eban Buzbek s'en va et vous autorise à prendre le titre de Panarque. En échange de cette faveur, vous lui verserez un million de marks au début de chaque mois paonais pendant toute la durée de votre règne. Acceptez-vous ?

Bustamonte laissa errer son regard sur les visages de ceux qui l'entouraient. Il ne vit que des yeux détournés, des expressions vides. Mais chaque guerrier semblait étrangement tendu, comme un coureur attendant le signal du départ.

— Acceptez-vous ? répéta le Mercantile.

— Oui, marmonna Bustamonte.

Il y eut dans la pièce un bruissement imperceptible, un mouvement de muscles détendus à regret.

Le Mercantile traduisit. Eban Buzbek fit un signe d'assentiment, se leva. Un joueur de fifre se pencha vers son instrument, joua une marche rapide. Eban Buzbek et ses guerriers sortirent sans accorder à Bustamonte le moindre regard.

Une heure plus tard, la corvette rouge et noir de Buzbek fendit le ciel comme une lame et disparut ; il ne restait plus, le soir venu, un seul guerrier brumbo sur Pao.

Au prix d'un terrible effort, Bustamonte affirma sa dignité, assuma le titre et l'autorité de

Panarque. Ses quinze milliards de sujets, distraits de leurs soucis par les événements, ne lui opposèrent plus de résistance ; en ce sens, on peut dire que Bustamonte profita de l'invasion.

VIII

Les premières semaines de Béran à Breakness furent malheureuses et désolées. Tout était monotone, à l'intérieur comme à l'extérieur, couleur de roc, avec de simples variations de ton et d'intensité ; tout semblait étrangement lointain. Le vent sifflait continuellement, mais l'air était raréfié et l'effort que Béran devait fournir pour respirer lui laissait dans la gorge une sensation d'âcre brûlure. Petit spectre pâle, il errait dans les couloirs glacés du manoir de Palafox, cherchant, sans succès, quelque distraction.

Résidence typique d'un dominie de Breakness, la maison de Palafox était accrochée à la falaise sur l'épine dorsale d'un escalator. Les étages supérieurs étaient occupés par des ateliers dont l'accès était interdit à Béran, mais où il avait aperçu des mécanismes merveilleusement complexes ; les étages inférieurs, par des pièces d'utilisation courante, lambrissées de bois sombre, pavées de pierre roussâtre, et généralement inoccupées sauf par Béran ; le rez-de-chaussée, séparé des pièces principales en enfilade par une vaste structure circulaire qui était, Béran le découvrit par la suite, le dortoir privé de Palafox.

La maison était austère et glacée, dépourvue de tout ornement, et l'on n'y avait rien prévu pour la distraction des habitants. Personne ne faisait attention à Béran ; on eût dit que l'on avait oublié jusqu'à son existence. Il trouvait de quoi manger sur un buffet dressé dans le vestibule central, il dormait où et quand il voulait. Il apprit à reconnaître une demi-douzaine d'hommes qui semblaient considérer la maison de Palafox comme leur quartier général. Une ou deux fois, au rez-de-chaussée, il aperçut une femme. Personne ne lui adressait la parole, sauf Palafox et encore ne le rencontrait-il que rarement.

A Pao, il y avait très peu de différences entre les sexes ; hommes et femmes portaient des vêtements semblables et jouissaient de privilèges identiques. A Breakness, c'était le contraire. Les hommes portaient des vêtements sombres en tissu collant et des bonnets noirs à bout pointu. Les femmes que Béran avait entrevues portaient des jupes bouffantes aux couleurs gaies — les seules couleurs que l'on pût voir sur Breakness — des brassières collantes qui laissaient à découvert le milieu du corps, des babouches à grelot. Elles allaient tête nue, les cheveux artistiquement coiffés ; toutes étaient jeunes et belles.

Lorsqu'il lui fut impossible de supporter plus longtemps la solitude de la maison, Béran s'enveloppa de vêtements chauds et se hasarda sur la montagne. Tête baissée pour mieux résister au vent, il poussa vers l'est jusqu'à la limite du domaine, à l'endroit où la Rivière Bise serpentait en une imposante perspective. On distinguait, à plus d'un kilomètre au-dessous, une demi-douzaine de vastes édifices : des usines de fabrication automatique. Au-dessus, la falaise rocheuse se haussait jusqu'au ciel gris où le petit soleil blanc à l'éclat violent tourbillonnait comme un disque d'étain ballotté par le vent. Béran tourna les talons.

Une semaine plus tard, il s'aventura dehors pour la seconde fois, mais il prit la direction de l'ouest et marcha dans le sens du vent. Un chemin de roche fondue serpentait entre une dizaine de maisons longues comme celle de Palafox tandis que d'autres bifurquaient, si bien que Béran finit par craindre de se perdre.

Il fit halte en vue de l'Institut, groupe de bâtiments blafards échelonnés le long de la falaise. Ils avaient plusieurs étages et ils surpassaient en hauteur les immeubles d'habitation ; aussi essuyaient-ils de plein fouet les bourrasques. La roche grise était striée de traînées verdâtres ou noirâtres aux endroits où le givre et le verglas accumulés pendant des années avaient laissé leurs empreintes.

Sous ses yeux, un groupe de jeunes gens plus âgés que lui apparut sur la route qui débouchait de l'Institut ; ils prirent le tournant de la falaise, en file cérémonieuse, se dirigeant apparemment vers le spacioport.

Curieux ! pensa Béran. Qu'ils avaient l'air taciturnes et sévères ! Dans les mêmes circonstances, des garçons paonais auraient bien vite rompu les rangs pour gambader.

Il reprit le chemin du manoir, en réfléchissant à l'absence de toutes relations sociales sur Breakness.

Pour Béran, le dépaysement avait perdu tout son charme ; le mal du pays le faisait cruellement souffrir. Assis sur le divan du vestibule, il s'occupait, l'esprit ailleurs, à nouer et dénouer un bout de ficelle. Un bruit de pas retentit. Béran leva la tête. Palafox entra, fit quelques pas, puis, apercevant Béran, s'arrêta. — Eh bien, jeune Panarque de Pao, pourquoi restez-vous là si tranquille dans votre coin ?

— Je n'ai rien à faire.

Palafox hocha la tête. Les Paonais n'étaient pas gens à s'embarquer gratuitement dans quelque difficile entreprise intellectuelle ; et son intention avait été de laisser Béran s'ennuyer le plus possible afin de lui procurer un stimulant.

— Rien à faire ? s'exclama-t-il, feignant la surprise. Eh bien, nous allons remédier à cela. Il fit mine de réfléchir. — Si vous devez suivre les cours de l'Institut, il vous faut apprendre le langage de Breakness.

Ces mots chagrinèrent Béran. — Quand pourrai-je rentrer à Pao ? demanda-t-il d'un ton plaintif.

Palafox branla solennellement la tête. — Je ne crois pas que vous auriez envie d'y retourner en ce moment.

— Mais si !

Palafox prit place à côté de lui. — Avez-vous déjà entendu parler des Brumbos de Batmarsh ?

— Batmarsh est une petite planète située à trois étoiles de Pao et habitée par des gens querelleurs.

— Exact. La population est divisée en vingt-trois clans qui rivalisent continuellement d'intrépidité. L'un d'eux, le clan des Brumbos, a envahi Pao.

Béran ne comprit qu'à moitié. — Cela signifie que...

— Que Pao est devenu la province personnelle d'Eban Buzbek, chef des Brumbos. Il a suffi de dix mille guerriers montés sur quelques vaisseaux peinturlurés pour s'emparer de la planète tout entière, et votre oncle Bustamonte mène une existence misérable.

— Que va-t-il se passer à présent ?

Palafox eut un rire bref. — Qui sait ? Mais mieux vaut que vous restiez à Breakness. Chez vous, je ne donnerais pas cher de votre vie.

— Je ne veux pas rester ici. Je n'aime pas Breakness.

— Non ? Palafox mima la surprise - Et pourquoi ?

— Tout est différent de Pao. Il n'y a ni océans, ni arbres, ni...

— Bien sûr ! s'écria Palafox. Nous n'avons pas d'arbres, mais nous avons l'Institut. Vous allez commencer vos études, et vous trouverez ensuite Breakness plus intéressant. D'abord, la langue ! Nous allons nous y mettre tout de suite. Venez ! Il se leva.

Béran ne portait à la langue de Breakness qu'un intérêt extrêmement mince mais pour lui n'importe quelle activité serait la bienvenue... comme l'avait prévu Palafox.

A grandes enjambées, Palafox se dirigea vers l'escalator, Béran sur ses talons ; ils montèrent jusqu'aux étages supérieurs — autrefois interdits à Béran — et entrèrent dans un vaste atelier exposé à la lumière grisâtre du ciel, que filtrait un plafond de verre. Un jeune homme en costume collant marron foncé, l'un des nombreux fils de Palafox, y travaillait. Il leva la tête. Il était maigre et musclé, dur de traits et d'expression. Il ressemblait extraordinairement à Palafox, jusque dans les gestes et le port de tête. Palafox pouvait s'enorgueillir d'un tel témoignage de vigueur génétique, qui tendait à faire de tous ses fils des simulacres presque parfaits de sa propre personne. A Breakness, la considération d'autrui se fondait sur une qualité que l'on pourrait décrire comme la faculté de graver vigoureusement l'empreinte de soi-même sur l'avenir.

Entre Palafox et Fanchiel, le jeune homme en costume marron, ni sympathie ni hostilité ne se manifestait ouvertement ; en fait, les maisons, les dortoirs, les vestibules de l'Institut étaient si imprégnés d'émotion diffuse que l'on pouvait tenir son existence pour acquise.

Avant leur entrée, Fanchiel était en train de bricoler sur un minuscule fragment de mécanisme fixé sous un microscope. Il regardait l'image grandie et tri-dimensionnelle de l'appareil sur un écran placé à hauteur des yeux ; il portait des gantelets contrôlant des micro-outils et manipulait avec aisance des composants invisibles à l'œil nu. Voyant entrer Palafox, il abandonna son travail et se leva, se soumettant à l'ego plus intense de son géniteur.

Les deux hommes parlèrent pendant plusieurs minutes dans la langue de Breakness. Béran commençait à espérer qu'on l'avait oublié... lors que Palafox claqua les doigts. — Voici Fanchiel, le trente-troisième de mes fils. Il va vous enseigner beaucoup de choses utiles. J'aimerais que vous fassiez preuve de zèle, d'enthousiasme et d'application... non pas à la manière paonaise, mais comme l'étudiant de l'Institut que vous deviendrez, je l'espère. Il partit sans rien ajouter.

Sans grand enthousiasme, Fanchiel rangea ses instruments.

— Venez, dit-il en paonais, et il passa dans la pièce contiguë.

— Commençons par une discussion préliminaire. Il désigna un bureau de métal gris recouvert de caoutchouc noir. — Asseyez-vous là, s'il vous plaît.

Béran obéit. Fanchiel le contempla attentivement, sans le moindre égard pour sa sensibilité. Puis, avec un léger haussement d'épaules, il se laissa tomber sur une chaise.

— Le premier objet de nos leçons, dit-il, sera la langue de Breakness.

Tout à coup, les ressentiments qui s'étaient accumulés en Béran, la négligence dans laquelle on l'avait tenu, l'ennui, le mal du pays, enfin cette cavalière absence d'intérêt pour son individualité propre, rompirent la digue. — Je n'ai pas envie d'apprendre la langue de Breakness. Je veux retourner à Pao.

Fanchiel eut l'air vaguement amusé. — Le moment venu, vous retournerez certainement à Pao... peut-être en qualité de Panarque. Si vous y alliez à présent, vous seriez tué.

Des larmes de solitude et de chagrin montèrent aux yeux de Béran. — Dans combien de temps pourrai-je partir ?

— Je l'ignore, répondit Fanchiel. Mon seigneur Palafox a conçu, en ce qui concerne Pao, une vaste entreprise... sans doute retournerez-vous là-bas quand il le jugera utile. En attendant, vous feriez mieux d'accepter les avantages qui vous sont offerts.

La raison et l'obligeance naturelle de Béran luttaient avec l'obstination de sa race. — Pourquoi dois-je aller à l'Institut ?

Fanchiel répliqua, avec une candeur ingénue.

— Mon seigneur Palafox désire apparemment que vous vous identifiiez à Breakness et que, en conséquence, vous éprouviez de la sympathie pour ses buts.

Cela dépassait l'entendement de Béran ; pourtant les manières de Fanchiel l'impressionnèrent.

— Qu'apprendrai-je à l'Institut ?

— Mille choses. Plus que je ne peux vous en décrire. Au Collège de Culture comparée — où mon seigneur Palafox est dominie — vous étudierez les races de l'univers, leurs similitudes et leurs différences, leurs langues et leurs instincts fondamentaux, les symboles spécifiques qui vous permettront de les influencer.

« Au Collège de Mathématiques, vous apprendrez la manipulation des idées abstraites, les différents systèmes de réflexion... et vous vous entraînerez au calcul mental.

« Au Collège d'Anatomie humaine, vous apprendrez la gériatrie et les méthodes de prévention de la mort, la pharmacologie, la technique des modifications humaines... et l'on vous en pratiquera peut-être une ou deux. »

Ce dernier détail stimula l'imagination de Béran — Est-ce que je pourrais être modifié comme Palafox ?

— Ah ! ah ! s'exclama Fanchiel. C'est une idée amusante. Savez-vous que mon seigneur Palafox est l'un des hommes les plus puissamment modifiés de Breakness ? Il contrôle neuf sensibilités, quatre énergies, trois projections, deux nullifications, trois émanations mortelles, sans compter des pouvoirs variés tels que la règle à calcul mental, la faculté de survivre dans un monde dépourvu d'oxygène, les glandes antifatigue, une poche sanguine sub-claviculaire qui annule automatiquement l'effet de tous les poisons qu'il pourrait ingérer. Non, mon jeune ami, vous êtes par trop ambitieux ! Un instant, l'amusement adoucit les traits accusés. — Mais si jamais vous régnez sur Pao, vous contrôlerez un univers plein de filles fécondes et vous commanderez ainsi toutes les modifications connues des chirurgiens et des anatomistes de Breakness !

Déconcerté, Béran fixa sur Fanchiel un regard vide. Même dans ces conditions incompréhensibles et sujettes à caution, la modification lui paraissait bien éloignée dans l'avenir.

— A présent, dit Fanchiel avec vivacité, penchons-nous sur la langue de Breakness.

Voyant la perspective d'une modification repoussée à un avenir très lointain, Béran sentit renaître son obstination. — Pourquoi ne parlerions-nous pas le paonais ?

Fanchiel expliqua patiemment : — Il vous faudra apprendre beaucoup de choses qui vous seraient incompréhensibles si je vous les enseignais en paonais.

— Mais je vous comprends à présent, marmonna Béran.

— Parce que nous discutons les idées les plus générales qui soient. Chaque langue est un outil particulier, doué d'une faculté spéciale. Plus qu'un moyen de communication, c'est un système de pensée. Comprenez-vous ce que je veux dire ?

L'expression de Béran fournit à Fanchiel sa réponse.

— Imaginez-vous une langue comme le contour d'une ligne de partage des eaux, qui stoppe le flux dans certaines directions et le canalise dans une autre. La langue contrôle le mécanisme de l'esprit. Lorsque des hommes parlent des langues différentes, leurs esprits fonctionnent différemment et ils agissent différemment. Par exemple, vous connaissez la planète Vale ?

— Oui. Le monde dont tous les habitants sont fous.

— Ou plutôt dont les habitants vous donnent, par leurs actions, l'impression d'être fous. En réalité, il s'agit d'anarchistes. Or, si l'on examine la langue de Vale, on découvre, sinon la raison de leur comportement, du moins un parallélisme. La langue de Vale est une improvisation personnelle, presque complètement dénuée de règles. Chaque individu choisit une façon de parler comme nous choisirions, vous et moi, la couleur d'un vêtement.

Béran fronça les sourcils. — Nous, les Paonais, nous ne traitons pas ces choses à la légère. Notre costume est réglé à l'avance, et personne ne porterait de vêtements qui ne lui seraient pas familiers ou qui risqueraient de prêter à malentendu.

Un sourire éclaira les traits austères de Fanchiel. — C'est vrai. J'avais oublié. Les Paonais ne font pas d'un habillement voyant une vertu. Et, par voie de corollaire peut-être, les cas d'anomalie mentale sont rares. Les quinze milliards de Paonais sont agréablement sains d'esprit. On ne peut pas en dire autant des habitants de Vale. Tout, chez eux, est spontané : l'habillement, le comportement, la langue. On peut alors se poser la question suivante : — Est-ce la langue qui provoque l'excentricité ou se contente-t-elle simplement de la refléter ? Est-ce la langue ou le comportement qui passe en premier ?

Béran s'avoua incapable de répondre.

— En tout cas, dit Fanchiel, connaissant les relations qui existent entre le langage et le comportement, vous devez avoir envie, à présent, d'étudier le langage de Breakness.

Béran fit preuve d'une indécision peu flatteuse.

— Si je l'apprenais, deviendrais-je semblable à vous ?

— Chose que vous désirez éviter à tout prix ! fit ironiquement Fanchiel. Rassurez-vous. Nous changeons tous en apprenant, mais vous ne deviendrez jamais un vrai homme de Breakness. Il y a bien longtemps, vous avez été modelé à la façon des Paonais. Cependant, en parlant notre langue, vous nous comprenez... et quand deux hommes ont le même mode de pensée, ils ne peuvent se détester. A présent, si vous êtes prêt, nous allons commencer.

IX

Sur Pao, la vie continuait, calme et tranquille. La population cultivait la terre, pêchait dans les océans et, dans certaines régions, tamisait le pollen de l'air pour confectionner de délicieux gâteaux au goût de miel. Tous les huit jours, il y avait marché ; tous les huit fois huit jours le peuple se rassemblait pour les hymnes ; tous les huit fois huit jours étaient organisées les foires continentales.

Les Paonais n'opposaient plus aucune résistance à Bustamonte. La défaite infligée par les Brumbos était oubliée ; le nouveau Panarque infligeait à son peuple des impôts moins lourds que son prédécesseur et régnait avec une simplicité qui convenait à l'équivoque de son accession au Trône Noir.

Mais, bien qu'il eût atteint son but, la satisfaction de Bustamonte n'était pas complète. Pourtant courageux de nature, il était obsédé par la crainte qu'on en voulût à sa vie ; déjà, les lance-feu des Mamarones avaient réduit en poussière une douzaine d'inoffensifs visiteurs coupables de n'avoir pas suffisamment surveillé leurs gestes. Bustamonte se croyait également en butte aux plaisanteries méprisantes de ses sujets, et plusieurs avaient perdu la vie pour s'être laissés aller à arborer en sa présence une expression joyeuse. Mais son principal sujet de ressentiment était le tribut qu'il devait à Eban Buzbek, chef des Brumbos.

Chaque mois, Bustamonte rédigeait mentalement un sanglant défi qu'il projetait d'expédier à Eban Buzbek en lieu et place du million de marks, mais chaque mois la prudence l'emportait et Bustamonte, le cœur débordant de rage impuissante, envoyait le tribut.

Quatre années s'écoulèrent. Puis, un matin, un courrier rouge, noir et jaune, se posa sur l'aérodrome d'Eiljanre. Cormoran Benbarth, rejeton de la branche cadette des Buzbek, en sortit. Il se présenta au Grand Palais comme un seigneur visitant l'une de ses fermes éloignées et adressa à Bustamonte un salut empreint d'une aimable désinvolture.

Bustamonte, revêtu du Noir Absolu, parvint à grand-peine à montrer un visage impassible. Il s'enquit, dans les termes consacrés : — Quel vent fortuné vous pousse sur nos rivages ?

Cormoran Benbarth, jeune guerrier de haute taille aux cheveux tressés et aux magnifiques moustaches blondes, promena sur son interlocuteur le regard d'yeux couleur de bleuets, larges et innocents comme le ciel paonais.

— Ma mission est simple, dit-il. Je suis entré en possession de la Baronie de Faden qui, vous le savez peut-être, est située à la limite des territoires sud du clan Griffin. J'ai besoin de fonds pour ériger des fortifications et recruter une escorte.

— Ah ! fit Bustamonte. Cormoran Benbarth tortilla ses longues moustaches blondes.

— Eban Buzbek m'a suggéré que, pour encourir ma gratitude, vous ne refuseriez pas de prélever sur vos revenus un million de marks.

Figé comme une statue de pierre, Bustamonte soutint pendant trente secondes le regard innocent de son vis-à-vis ; son esprit fonctionnait à toute vitesse. Il ne pouvait s'agir que d'une exigence appuyée par une menace implicite de violence, contre laquelle il ne pouvait rien. Il s'arracha les cheveux, fit remettre à Cormoran Benbarth la somme requise et accueillit ses remerciements dans un silence maussade.

Benbarth repartit pour Batmarsh d'une humeur modérément reconnaissante ; la rage provoqua chez Bustamonte des coliques abdominales. Il finit par s'avouer qu'il lui fallait ravaler son orgueil et implorer les services de ceux qu'autrefois, il n'avait pas voulu écouter : les dominies de Breakness.

Sous l'identité d'un ingénieur itinérant, Bustamonte prit un billet pour la planète-dépôt Journal, et, de là, s'embarqua sur un cargo pour traverser les Marklaïdes extérieures. Enfin, il arriva à Breakness.

Un chaland se porta à la rencontre du cargo. Avec soulagement, Bustamonte quitta les cales surpeuplées et survola les abîmes gigantesques en direction de l'Institut.

A l'arrivée, il n'eut à remplir aucune de ces formalités qui occupaient de si nombreux effectifs de l'administration paonaise ; en fait, on ne lui accorda pas la moindre attention. Bustamonte en conçut quelque irritation. Il alla aux portes, regarda la cité. Il vit à sa gauche les usines et les ateliers, à sa droite la masse sévère de l'Institut, au centre les maisons, manoirs et pavillons flanqués de leurs dortoirs respectifs.

Un jeune homme au maintien rigide — à peine sorti de l'adolescence — lui tapota le bras, lui fit signe de s'écarter. Bustamonte recula pour laisser passer un contingent de vingt jeunes femmes aux cheveux crème. Elles prirent place dans un véhicule en forme de scarabée qui amorça aussitôt la descente.

Nul autre moyen de locomotion n'était en vue et il n'y avait plus grand monde au terminus. Bustamonte, livide de colère, les mâchoires serrées, les muscles des joues noués, dut enfin admettre, soit qu'il n'était pas attendu, soit qu'on n'avait pas pensé à venir l'accueillir. C'était intolérable. Il allait exiger l'attention qui lui était due !

A grandes enjambées il alla se poster au milieu du terminus et fit des signes impérieux. Une ou deux personnes s'arrêtèrent, le regardèrent avec curiosité, mais, lorsqu'il leur ordonna en paonais d'aller chercher l'autorité compétente, elles le regardèrent sans comprendre et poursuivirent leur chemin.

Bustamonte interrompit ses efforts : hormis lui-même, le terminus était vide. Il débita l'un des interminables jurons paonais et retourna aux portes.

Naturellement, il se sentit dépaysé. La maison la plus proche était distante de 800 mètres. Inquiet, il regarda le ciel. Le petit soleil blanc avait disparu derrière la falaise ; un brouillard grisâtre planait au-dessus de la Rivière Bise ; le crépuscule tombait.

Bustamonte poussa un gros soupir. Il n'y avait plus d'alternative : le Panarque de Pao devait aller à pied, comme un vagabond, chercher un refuge. Furieux, il poussa la porte et fit un pas en avant.

Le vent le saisit, l'expédia sur le chemin ; le

froid perçait son mince costume paonais. Il se tourna et dévala le chemin sur ses grosses jambes courtes.

Gelé jusqu'à la moelle, les poumons douloureux, il arriva devant la première maison. Les murs de roche fondue s'élevaient devant lui, dépourvus de toute ouverture. Il longea la façade du bâtiment mais ne put trouver l'entrée. Hurlant de fureur et d'angoisse, il repartit.

Le ciel était noir ; de petits grêlons commençaient à lui piquer la nuque. Il courut jusqu'à la maison voisine et, cette fois, trouva une porte, mais il eut beau frapper, personne ne répondit. Il se détourna, grelottant, les pieds insensibles, les doigts douloureux. A présent, l'obscurité était si profonde qu'il distinguait à peine le chemin.

La troisième maison était éclairée ; là non plus, personne ne répondit à son appel. Fou de rage, Bustamonte saisit une pierre, la lança contre la fenêtre la plus proche. La vitre rendit un son métallique, qui résonna agréablement à ses oreilles. Il jeta une seconde pierre et attira enfin l'attention. La porte s'ouvrit, Bustamonte tomba dans la pièce, la tête la première, raide comme un arbre abattu.

Le jeune homme qui avait ouvert la porte l'attrapa par le col, le traîna jusqu'à un siège. Rigide, les pieds recroquevillés, les yeux exorbités, Bustamonte respirait avec de gros sanglots.

L'homme parla. Bustamonte ne comprit pas.

— Je suis Bustamonte, Panarque de Pao, bredouilla-t-il avec peine entre ses lèvres raides. Quel accueil inqualifiable... quelqu'un le paiera cher.

Le jeune homme, l'un des fils du dominie qui résidait dans cette maison, ne connaissait pas le paonais. Il secoua la tête et prit un air d'ennui. Il regarda la porte, puis Bustamonte, comme s'il se préparait à éjecter cet intrus incompréhensible.

— Je suis Panarque de Pao! hurla Bustamonte. Amenez-moi à Palafox, à Palafox, entendez-vous ? A Palafox !

Ce nom suscita une réaction. L'homme fit signe à Bustamonte de rester assis et disparut dans une autre pièce.

Dix minutes passèrent. La porte s'ouvrit, Palafox entra. Il s'inclina avec une pointilleuse courtoisie. — Ayudor Bustamonte, quel plaisir de vous voir. Je n'ai pas pu venir à votre rencontre, mais je vois que vous vous êtes parfaitement débrouillé. Ma maison est tout près et je serais heureux de vous offrir l'hospitalité. Etes-vous disposé à me suivre ?

Le lendemain matin, Bustamonte imposa silence à ses sentiments. L'indignation ne le mènerait à rien et risquait de le mettre dans une situation gênante vis-à-vis de son hôte. Si toutefois, pensa-t-il en jetant sur la pièce un coup d'œil de mépris, on pouvait parler d'hospitalité. Ces hommes construiraient-ils des bâtiments aussi austères, vivraient-ils sur une planète aussi peu accueillante s'ils étaient aussi savants qu'on le disait ?

Palafox se présenta et les deux hommes s'attablèrent devant une carafe de thé poivré. Le seigneur de Breakness limita sa conversation aux plus anodines platitudes. Il ne fit aucune allusion à ce qui s'était passé sur Pao lors de leur dernière rencontre et ne manifesta pas le moindre intérêt pour les raisons qui avaient amené Bustamonte à Breakness.

Enfin Bustamonte se pencha vers son hôte et aborda le problème. — Un jour, le défunt Panarque Aiello a recherché votre aide. Je me rends compte à présent qu'il agissait avec prudence et sagesse. Aussi suis-je venu secrètement à Breakness pour conclure avec vous un nouveau traité.

Palafox hocha la tête et sirota son thé sans le moindre commentaire.

— La situation est la suivante, dit Bustamonte. Ces maudits Brumbos m'extorquent un tribut mensuel. Je paie sans plaisir. Néanmoins, je ne proteste pas car m'armer contre eux me coûterait encore plus cher.

— Apparemment, observa Palafox, c'est donc Mercantil le grand perdant de l'affaire.

— Exactement ! dit Bustamonte. Toutefois, récemment, un autre tribut s'est ajouté à celui-là. Je crains qu'il ne présage d'autres extorsions. Bustamonte décrivit la visite de Cormoran Benbarth. Mon trésor va être pillé constamment et mon rôle à moi consistera en tout et pour tout à maintenir en fonds tous les chefs de bande de Batmarsh. Je refuse de me soumettre à cet ignoble esclavage ! Je libérerai Pao. C'est ma mission. Voilà pourquoi je viens vous demander conseils et avis stratégiques.

Palafox arrangea son gobelet de thé avec une délicatesse aussi significative qu'un paragraphe tout entier. — Les conseils sont les seuls produits que nous exportons. Ils vous appartiennent... contre règlement.

— Et ce règlement ? demanda Bustamonte, qui savait fort bien de quoi il retournait.

Palafox se carra plus confortablement sur sa chaise.

— Comme vous le savez, Breakness est et a toujours été depuis la fondation de l'Institut un monde d'hommes. Mais, poussés par la nécessité, nous persistons à engendrer des fils, nous les élevons... ceux, du moins, que nous jugeons dignes de nous. Rares sont les enfants qui obtiennent le droit de s'inscrire à l'Institut. Pour l'un d'entre eux, il y en a vingt qui quittent la planète avec leur mère une fois leur contrat expiré.

— Bref, dit Bustamonte sans prendre la peine de mâcher ses mots, vous voulez des femmes.

Palafox hocha la tête. — Nous voulons des femmes... des jeunes femmes saines, intelligentes et belles. C'est le seul luxe que nous ne pouvons fabriquer, nous les sorciers de Breakness... nous n'en avons, du reste, aucune envie.

— Et vos filles ? demanda Bustamonte avec curiosité. — Ne pouvez-vous engendrer des filles aussi facilement que des garçons ?

Ces mots ne produisirent aucune impression sur Palafox ; on eût dit qu'il ne les avait pas entendus. — Breakness est un monde d'hommes, répéta-t-il Nous sommes les Sorciers de l'Institut.

Bustamonte resta pensif. Il ignorait que, pour un homme de Breakness, une fille était à peine plus désirable qu'un Mongolien à deux têtes. Le dominie de Breakness, comme les ascètes classiques, vivait dans le présent et n'était certain que de son propre ego ; le passé avait valeur de dossier, l'avenir était un bloc amorphe attendant d'être sculpté. Il arrivait que le sorcier de Breakness formât des plans pour une période éloignée d'un siècle car, s'il reconnaissait superficiellement la réalité inévitable de la mort, il la rejetait émotionnellement, convaincu qu'en donnant naissance à une nombreuse progéniture mâle, il pourrait s'intégrer à l'avenir.

Bustamonte, ignorant la psychologie de Breakness, fut simplement renforcé dans sa conviction que Palafox avait l'esprit légèrement dérangé. Il dit à contrecœur : — Nous pouvons arriver à conclure un traité satisfaisant. De votre côté, vous nous aiderez à écraser les Brumbos, de sorte que jamais plus...

Palafox, en souriant, fit signe que non. — Nous ne sommes pas des guerriers. Nous ne vendons que le produit de nos cerveaux et rien de plus. Comment oserions-nous agir autrement ? Breakness est vulnérable. Un seul missile suffirait à détruire l'Institut. Vous ne traiterez qu'avec moi seul. Si, demain, Eban Buzbek se présentait ici, il pourrait acheter les conseils d'un autre sorcier, qui opposerait son avoir au mien.

— Hum ! grommela Bustamonte. Et qu'est-ce qui me garantit que cela ne se produira pas ?

— Rien. Rien du tout. La politique de l'Institut est une neutralité vierge de toute passion. Cependant, chaque individu est libre de s'employer, selon sa propre méthode, au peuplement de ses dortoirs.

Les doigts de Bustamonte tambourinèrent nerveusement sur la table. — Que pouvez-vous faire pour moi si vous êtes incapable de me protéger contre les Brumbos ?

Palafox médita, les paupières mi-closes, puis déclara. — Il existe plusieurs moyens de parvenir au but que vous désirez atteindre. Je peux engager pour votre compte des mercenaires de Hallomede, de Polensis ou de Terre. Provoquer une coalition des clans de Batmarsh contre les Brumbos. Ou encore dévaluer à un point tel la monnaie paonaise que le tribut perdrait toute valeur.

Bustamonte fronça les sourcils. — Je préfère des méthodes plus directes. Je veux que vous nous fournissiez des armes afin que nous puissions nous défendre nous-mêmes sans être à la merci de personne.

Palafox haussa ses sourcils noirs arqués. — Je m'étonne d'entendre, dans la bouche d'un Paonais, une proposition aussi dynamique.

— Pourquoi ? fit Bustamonte. Nous ne sommes pas des lâches.

La voix de Palafox se teinta d'impatience. — Dix mille Brumbos ont vaincu quinze milliards de Paonais. Votre peuple avait des armes. Mais personne n'a envisagé la possibilité d'une résistance. Tout le monde s'est incliné.

Bustamonte secoua la tête avec ténacité. — Nous sommes des hommes comme les autres. Il nous faut seulement un peu d'entraînement.

— L'entraînement ne suppléera jamais au désir de combattre.

Bustamonte gronda : — Alors, c'est ce désir qu'il faut éveiller en nous.

En guise de sourire, Palafox montra les dents. Il se redressa sur sa chaise. — Nous voici enfin arrivés au cœur du problème.

Bustamonte le regarda, intrigué par cette soudaine véhémence.

Palafox reprit : — Nous devons persuader les doux Paonais de devenir des guerriers. Comment y parvenir ? Manifestement, il faut changer leur nature fondamentale. Il faut les forcer à abandonner leur passivité, à perdre la souplesse avec laquelle ils s'adaptent aux difficultés. Il faut leur apprendre la truculence, l'orgueil et l'esprit de compétition. C'est bien votre avis ?

Bustamonte hésita. — Peut-être.

— Vous comprenez bien que ce processus ne peut s'accomplir en une seule journée. Changer la psychologie d'un peuple est une entreprise formidable.

Il y avait, dans l'attitude de Palafox, une tension, une désinvolture voulue qui éveillèrent les soupçons de Bustamonte.

— Si vous désirez une force de frappe efficace, dit Palafox, voici le seul moyen de l'obtenir. Il n'existe pas de raccourci.

Bustamonte détourna les yeux, porta son regard au loin, sur la Rivière Bise.

— Vous croyez que cette force de frappe peut être créée ?

— Certainement.

— Et combien de temps faudrait-il pour cela ?

— Environ vingt ans.

— Vingt ans !

— Nous devrons commencer par les enfants, les bébés !

Bustamonte resta silencieux pendant plusieurs minutes. — Il faut que je réfléchisse. Il se leva d'un bond et arpenta la pièce en secouant les mains comme pour les sécher.

Palafox dit avec une nuance d'âpreté. — Comment pourrait-il en être autrement ? Si vous voulez une force de frappe, vous devez d'abord créer un esprit guerrier. Il s'agit d'un trait culturel que l'on ne peut inculquer à une race d'un jour à l'autre.

— Oui, oui, murmura Bustamonte, je le conçois bien mais je dois y réfléchir.

— Pensez aussi à cela, suggéra Palafox. Pao est vaste et peuplé. Il y a de quoi y créer, non seulement une armée efficace, mais encore un important complexe industriel. Pourquoi acheter des marchandises à Mercantil si vous pouvez les produire vous-même ?

— Comment parvenir à ce résultat ?

Palafox rit. — C'est là qu'interviennent mes

compétences particulières. Je suis dominie de Culture comparée à l'Institut de Breakness.

— Néanmoins, dit Bustamonte avec obstination, il me faut savoir comment vous vous proposez d'amener ces changements... sans oublier que les Paonais résistent au changement avec plus d'obstination encore qu'à un danger mortel.

— Exactement, répliqua Palafox. Nous devrons modifier la structure mentale des Paonais — du moins de certains d'entre eux — et c'est en influant sur le langage que nous y arriverons.

Bustamonte secoua la tête. — Cette méthode me paraît par trop indirecte et précaire. J'avais espéré...

Palafox l'interrompit brusquement. — Les mots sont des outils. La langue définit la façon dont on utilise ces outils.

Bustamonte épiait Palafox. — Comment cette théorie peut-elle être appliquée dans la pratique ? Avez-vous un plan défini, détaillé ?

Palafox le contempla avec un amusement méprisant. — Pour une affaire d'une telle importance ? Vous demandez là un miracle dont même un sorcier de Breakness est incapable. Peut-être feriez-vous mieux de continuer à payer le tribut d'Eban Buzbek.

Bustamonte ne répondit pas.

— Je commande les principes de base, dit enfin Palafox. J'applique ces abstractions à des situations concrètes. Voici le squelette de l'opération, que j'enroberai par la suite de détails.

Bustamonte restait toujours silencieux.

— Je dois insister sur le fait qu'une opération de ce genre ne peut être effectuée que par un dictateur puissant, insensible aux considérations sentimentales.

— Je dispose de ce pouvoir, dit Bustamonte. Je puis être aussi cruel que les circonstances l'exigeront.

— Voici ce qu'il faut faire. Nous choisirons l'un des continents paonais — ou n'importe quelle région appropriée — et nous persuaderons les habitants d'utiliser une nouvelle langue. Voilà sur quoi portera notre effort. Cette région finira par produire des guerriers en quantité.

Bustamonte fronça les sourcils avec scepticisme. — Pourquoi ne pas entreprendre un programme d'éducation et d'entraînement au maniement des armes ? Modifier la langue me paraît un procédé bien indirect.

— Vous n'avez pas saisi l'essentiel du problème, dit Palafox. Le paonais est une langue passive, dépourvue de passion. Il présente le monde en deux dimensions, dénuées de contraste et de tension. Théoriquement, un peuple qui parlerait le paonais devrait être docile, passif, sans grande personnalité... et c'est exactement le cas. La nouvelle langue sera fondée sur le contraste et la comparaison des forces, dotée d'une grammaire simple et directe. Pour vous donner un exemple, considérons la phrase : — Le fermier abat un arbre. (Voici la traduction littérale en paonais, langue que parlaient les deux hommes : Fermier *employant la force;* hache *agent;* arbre *en état de soumission à l'attaque.*) Dans la nouvelle langue, cette phrase deviendra : — Le fermier surmonte l'inertie de la hache ; la hache brise la résistance de l'arbre — ou encore — Le fermier vainc la résistance de l'arbre à l'aide de l'arme-instrument qu'est la hache.

— Ah ! fit Bustamonte.

— Le vocabulaire sera riche en gutturales dont la prononciation requiert un certain effort, et en voyelles dures. Certaines idées clefs seront synonymes : par exemple *plaisir* et *surmonter une résistance* — *repos* et *honte* — *étranger* et *rival*. Les clans de Batmarsh eux-mêmes auront l'air inoffensifs en comparaison de la future armée paonaise.

— Oui, oui, souffla Bustamonte. Je commence à comprendre.

— Une seconde région pourrait être assignée à l'inculcation d'un autre langage, reprit Palafox avec désinvolture. Cette fois, la grammaire sera extrêmement compliquée, mais cohérente et logique. Les vocables, discrets, s'accorderont selon des règles très complexes. Quel sera le résultat ? Quand un groupe d'hommes ainsi stimulés reçoivent en partage des matériaux bruts et certaines facilités, le développement industriel est inévitable.

« Et dans le cas où vous souhaiteriez chercher des marchés ex-planétaires, la création d'un groupe de négociants et de vendeurs serait à conseiller. Leur langage serait symétrique, l'accent étant porté sur l'analyse grammaticale ; il y aurait des titres honorifiques compliqués pour enseigner l'hypocrisie, un vocabulaire riche en homophones pour faciliter l'ambiguïté, une syntaxe de réflexion, de renforcement et d'alternance pour mettre en évidence les inter-relations analogiques des affaires humaines.

« Toutes ces langues s'appuieront sur la mémantique. Pour les militaires, « un homme qui réussit » sera synonyme de « vainqueur dans un violent combat » Pour les industriels, de « fabricant efficace ». Pour les commerçants, de « vendeur irrésistible ». Ce genre d'influence animera chaque langue. Bien entendu, l'effet ne sera pas le même sur chaque individu, mais l'action sur la masse devrait être décisive.

— Merveilleux ! s'écria Bustamonte, tout à fait conquis. C'est ce que j'appelle du modelage humain !

Palafox alla vers la fenêtre et contempla la Rivière Bise. Il souriait légèrement et ses yeux noirs, si durs d'habitude, avaient perdu de leur fixité. Un instant, son âge véritable — double ou davantage de celui de Bustamonte — devint apparent, mais un instant seulement et, quand il se retourna, son visage avait retrouvé son impassibilité coutumière.

— Comprenez-moi bien : pour l'instant je parle au hasard, je formule des idées. Il faudra organiser tout cela sur une grande échelle, opérer la synthèse des diverses langues, formuler leurs vocabulaires, recruter des instructeurs. Là, je puis compter sur mes propres fils. Il restera à former un dernier groupe, peut-être simplement dérivé du premier : un groupe de coordinateurs parlant couramment chaque langue. Ce corps se muera par la suite en un service administratif qui doublera celui existant actuellement.

Bustamonte gonfla dubitativement les joues. Oui... c'est possible. Pour l'instant, un groupe assumant une fonction de si grande envergure me paraît peu nécessaire. Il suffit de créer une force de frappe capable de réduire en poussière Eban Buzbek et ses bandits.

Bustamonte se leva d'un bond et se mit à arpenter la pièce avec excitation. Il s'arrêta net, jeta à Palafox un coup d'œil sournois.— Il nous reste un point à discuter. Quel sera votre salaire ?

— Cent femmes par mois, dit calmement Palafox, cent femmes physiquement et intellectuellement supérieures, de quatorze à vingt ans, qui vous seront retournées au bout de quinze années maximum avec leur progéniture femelle et ceux de leurs fils mâles qui ne correspondront pas à nos normes.

Bustamonte secoua la tête avec un sourire averti. — Cent femmes... n'est-ce pas excessif ?

Palafox le fusilla du regard. Conscient de son erreur, Bustamonte reprit hâtivement : — Néanmoins, j'accepte ce chiffre. En revanche, vous me rendrez mon neveu bien-aimé, Béran, afin qu'il puisse se préparer pour une carrière utile.

— En allant visiter le fond de la mer ?

— Il faut tenir compte des réalités, murmura Bustamonte.

— C'est bien mon avis, rétorqua Palafox d'une voix nette. Et ces réalités veulent que Béran Panasper, Panarque de Pao, termine son éducation à l'Institut de Breakness.

Bustamonte protesta rageusement ; Palafox lui répondit sans mâcher ses mots et sans se départir de son calme, si bien que Bustamonte finit par céder.

Le contrat fut enregistré sur film et les deux parties se séparèrent sinon avec des sentiments d'amitié, du moins d'accord l'une avec l'autre.

X

L'hiver, à Breakness, de maigres nuages glacés planaient sur la Rivière Bise, des grêlons fins comme le sable sifflaient sur les rochers. Le soleil ne faisait, au-dessus de la gigantesque falaise méridionale, que de brèves apparitions et l'Institut de Breakness était plongé dans les ténèbres pendant la plus grande partie de la journée.

Cinq fois cette sinistre saison vint et s'enfuit. Au cours de cette période, Béran Panasper acquit les éléments de base d'une éducation à la mode de Breakness.

Les deux premières années, il les passa dans la maison de Palafox et il consacra à l'étude de la langue une part importante de son énergie. Ses conceptions personnelles sur la fonction du langage ne lui servirent de rien car le paonais et la langue de Breakness différaient sur nombre de points essentiels. Le paonais était du type « polysynthétique », langue faite de mots-racines qui s'adjoignaient des préfixes, des suffixes et des postpositions pour étendre leur signification. La langue de Breakness était, fondamentalement de type « isolatif », mais unique en ce qu'elle dérivait entièrement de l'individu qui la maniait ; c'est-à-dire que cet individu était la structure référentielle dont dépendait la syntaxe, système valable à la fois par son élégance logique et sa simplicité.

Le Moi étant la base d'expression implicite, le pronom « Je » était inutile. De même pour les autres pronoms personnels, à l'exception de « Il »... d'ailleurs rendu par des contractions de phrases nominales.

L'idée de négation, absente, était remplacée par de nombreuses polarités telles « qu'aller » et « rester ». Il n'y avait pas de voix passive ; chaque idée verbale (« frapper, « soutenir un choc ») se suffisait à elle-même. La langue était riche en termes servant à la manipulation intellectuelle, mais très pauvre en ce qui concernait la description d'états émotionnels. Au cas même où un dominie de Breakness se serait mis en tête de briser sa coquille et de révéler son humeur, il aurait été obligé d'employer de lourdes circonlocutions.

Certains concepts paonais aussi répandus que « colère », « joie », « amour », « haine », « chagrin » étaient absents du vocabulaire de Breakness. Par contre, celui-ci abondait en termes définissant d'innombrables types de ratiocination, de subtilités inconnues des Paonais... distinctions qui déconcertèrent Béran au point que, par moments, la solidité de son ego en fut menacée. Semaine après semaine, Fanchiel expliquait, donnait des exemples, paraphrasait ; peu à peu, Béran assimilait ce mode de pensée qui lui était si étranger... ainsi que le point de vue des hommes de Breakness sur l'existence.

Et puis... un jour, Palafox le convoqua et observa que sa connaissance de la langue était suffisamment poussée pour lui permettre de commencer ses études à l'Institut. Il serait donc immédiatement admis dans la première classe.

Béran se sentit très déprimé, très seul. Il avait trouvé chez Palafox une certaine sécurité mélancolique. Que lui réservait l'Institut ?

Palafox le renvoya. Une demi-heure plus tard, Fanchiel l'escorta jusqu'au grand rectangle de roche fondue, supervisa son inscription et son installation dans une cellule du dortoir. Sur quoi, il s'en alla, et Béran ne le revit pas, ni lui ni Palafox.

Ainsi commença une nouvelle phase dans l'existence de Béran à Breakness. Jusqu'alors, toute son éducation avait été confiée à des précepteurs ; il n'avait jamais participé aux vastes récitatifs paonais durant lesquels des milliers de jeunes enfants chantaient à l'unisson tout leur savoir — les petits récitant de leur voix flûtée les nombres « Ai ! Shrai ! Vida ! Mina ! Nona ! Drona ! Hivan ! Imple ! », les plus vieux scandant les épopées qui formaient le thème principal de l'éducation paonaise. Aussi Béran ne fut-il pas aussi déconcerté qu'il aurait pu l'être par les coutumes de l'Institut.

Chaque étudiant était reconnu comme un individu, aussi singulier et lointain qu'une étoile dans l'espace. Il vivait seul, ne partageait aucune phase officielle de son existence avec ses camarades. S'il arrivait aux étudiants de discuter entre eux, l'objet de ces conversations spontanées était de mettre en lumière un point de vue original ou nouveau. Plus l'idée s'écartait de l'orthodoxie, plus elle avait de chances d'être immédiatement attaquée. Alors, celui qui la présentait devait la défendre jusqu'aux limites de la logique, mais pas au-delà. S'il y parvenait, il y gagnait en prestige ; dans le cas contraire, la considération qu'on lui portait en souffrait.

Autre sujet de discussion secrètement apprécié par les étudiants : le sujet de l'âge et de la mort. Cette question était plus ou moins tabou — surtout en présence d'un dominie — car personne ne mourait de maladie ou de dégénérescence corporelle sur Breakness. Les dominies parcouraient l'univers entier : un certain nombre mouraient de mort violente malgré leurs armes et leurs moyens de défense artificiellement intégrés à leur organisme. Mais la plupart vivaient à Breakness et restaient toujours pareils à eux-mêmes, si l'on omettait un certain durcissement de la structure osseuse, une angularité accrue. Puis, inexorablement, le dominie approchait de l'état d'Emeritus : son langage se faisait moins précis, il cédait davantage à ses émotions ; son égocentricité commençait à prendre le pas sur les conventions sociales ; il se laissait aller à des manifestations de violence, de rage, enfin à la mégalomanie... à ce moment-là, l'Emeritus disparaissait...

Au début, gêné par sa timidité, ne parlant pas encore tout à fait couramment la langue, Béran se tint à l'écart de ces discussions. Puis, quand son vocabulaire gagna en souplesse, il se risqua à y prendre part ; après avoir essuyé quelques défaites, il se découvrit capable de remporter d'assez honorables succès. Ces expériences lui procurèrent les premières joies qu'il eût jamais connues sur Breakness.

Les relations entre les étudiants n'étaient ni cérémonieuses, ni aimables, ni agressives. Le sujet de la procréation, dans toutes ses ramifications possibles, éveillait chez les jeunes de Breakness un très grand intérêt. Béran, acccoutumé aux normes de la pudeur paonaise, en souffrit tout d'abord, mais finit par s'y habituer et par dépouiller la question de ce qu'elle avait pour lui de cuisant. Il se rendit compte qu'à Breakness le prestige était fonction, non seulement des réussites intellectuelles, mais aussi du nombre de femmes que l'on abritait dans son dortoir, du nombre de fils qui passaient les tests, de leur degré de ressemblance physique et intellectuelle avec le père, et aussi de leurs propres exploits. Certains dominies jouissaient à cet égard d'une estime particulière, et l'on répétait de plus en plus fréquemment le nom du seigneur Palafox.

Lorsque Béran entra dans sa quinzième année, la réputation de Palafox rivalisait avec celle du seigneur Karollen Vampellte, Grand Dominie de l'Institut. Le jeune homme ne pouvait s'empêcher de ressentir une certaine impression de parenté avec lui, donc de fierté.

Un an ou deux après la puberté, l'étudiant de l'Institut pouvait s'attendre à recevoir des mains de son père une femme. A ce stade de son développement, Béran était un jeune homme au physique agréable, assez mince, presque frêle. Ses cheveux étaient brun foncé, ses yeux gris et largement écartés, son expression pensive. Du fait de son origine exotique et d'une certaine différence innée, il se voyait rarement invité à participer aux rares activités de groupes qui existaient à Breakness. Lorsqu'il ressentit enfin pour la première fois les émotions de l'âge préadulte et qu'il commença de rêver à la jeune fille dont Palafox allait sans doute lui faire présent, il se rendit seul à l'astroport.

Il choisit le jour où devait arriver le transport en provenance de Journal, et ce fut au moment où la navette quittait l'astronef en orbite qu'il entra dans le terminus. Un désordre apparent y régnait. D'un côté se tenaient, en files silencieuses, presque impassibles, les femmes dont le contrat était rempli, avec leurs filles en bas âge et ceux de leurs fils qui avaient échoué aux tests. Leurs âges variaient de vingt-cinq à trente-cinq ans. A présent, elles retournaient dans leur pays natal, riches et ayant encore de longues années à vivre.

La navette se glissa sous l'abri, les portes s'ouvrirent ; des jeunes femmes en sortirent, qui regardaient curieusement à droite et à gauche, qui dansaient et se balançaient sous la poussée violente du vent. Au contraire de celles qui repartaient après avoir honoré leur contrat, elles étaient effarouchées et nerveuses, elles défiaient l'assistance du regard et dissimulaient leurs appréhensions. Elles jetaient partout des coups d'œil furtifs, curieuses de voir celui qui les revendiquerait comme siennes.

Béran regardait, fasciné.

Un chef d'escadron donna un ordre, d'une voix nette ; les filles se mirent en branle et s'alignèrent devant les bureaux d'inscription ; Béran s'approcha, fit un pas vers l'une des plus jeunes. Elle le regarda de ses immenses yeux verts, et se détourna brusquement. Béran s'avança... puis s'arrêta net. Quelque chose, dans ces femmes, lui était familier, lui rappelait vaguement un passé agréable. Elles parlaient entre elles. Il les écouta. Cette langue, il la connaissait bien.

Il alla se poster à côté de la jeune fille. Elle l'observa sans amitié.

— Vous êtes paonaise, s'écria Béran, stupéfait. Que faites-vous sur Breakness ?

— La même chose que les autres femmes.

— Mais ça n'a jamais été le cas !

— Vous ne savez pas grand-chose de Pao, dit-elle avec amertume.

— Si ! Si ! Je suis paonais.

— Alors, vous devez savoir ce qui se passe là-bas.

Béran secoua la tête.

— J'ai quitté Pao à la mort du Panarque Aiello.

Elle répliqua à voix basse, les yeux perdus dans le lointain. — Vous avez bien fait, car Pao vit des temps troublés. Bustamonte est un fou.

— Il envoie des femmes à Breakness ? s'enquit Béran d'une voix rauque, étouffée.

— Cent par mois. Celles qui ont perdu leurs parents ou leurs biens dans la tourmente.

Béran sentit la voix lui manquer. Il voulut parler ; pendant qu'il essayait de formuler sa question, la femme s'éloigna d'un pas. — Attendez ! bégaya-t-il en courant pour la rattraper. De quelle tourmente s'agit-il.

— Je ne peux attendre, dit amèrement la fille. Je suis sous contrat. Je dois faire ce que l'on m'ordonne.

— Où allez-vous ? A quel dortoir ?

— Je suis au service du seigneur Palafox.

— Comment vous appelez-vous ? demanda Béran. Dites-moi votre nom !

Gênée, indécise, elle ne répondit pas. Deux secondes de plus et elle disparaîtrait, perdue dans l'anonymat du dortoir. — Dites-moi votre nom !

Elle jeta rapidement par-dessus son épaule : « Gitan Netsko », avant de passer la porte et de disparaître à sa vue. Le véhicule descendit la rampe, oscilla dans le vent, s'engagea sur la pente et s'éloigna.

Petite silhouette perdue sur le flanc de la

montagne, luttant contre le vent, Béran traversa le terminus, passa entre les files de maisons et arriva devant celle de Palafox.

Un moment il hésita à la porte, voyant en imagination la haute taille de l'homme qu'il allait affronter. Il rassembla tout son courage, tapota la plaque d'écusson. La porte s'ouvrit, il entra.

A cette heure, Palafox devait se trouver dans son bureau du sous-sol. Béran descendit les marches familières, traversa les salles de pierre et de bois précieux dont il se souvenait si bien. Il était une époque où il avait jugé cette maison sinistre et austère ; à présent, il en percevait la subtile beauté, parfaitement adaptée au paysage.

Comme il s'y attendait, Palafox était dans son bureau ; un stimulus émis par l'une de ses modifications l'avait averti de la venue de Béran.

Le jeune homme avança lentement, les yeux fixés sur le visage interrogatif mais inamical, et plongea immédiatement dans le cœur du sujet. Avec Palafox, il était inutile de tourner autour du pot. — Je suis allé au terminus tout à l'heure. J'y ai vu des femmes paonaises qui venaient à Breakness contre leur gré. Elles parlent de tourmente et de difficultés. Que se passe-t-il à Pao ?

Palafox regarda Béran, puis hocha la tête avec un sourire amusé. — Je vois. Vous avez l'âge de fréquenter le terminus. Avez-vous trouvé une femme qui vous agrée ?

Béran se mordit les lèvres. — Ce qui m'intéresse, c'est la situation à Pao. Jamais encore notre peuple n'a connu une telle dégradation.

Palafox fit mine d'être choqué. — Mais servir un dominie de Breakness n'est nullement dégradant !

Sentant qu'il avait marqué un point sur son

redoutable adversaire, Béran reprit courage. — Vous n'avez toujours pas répondu à ma question.

— C'est vrai, dit Palafox. Il désigna du doigt une chaise. — Asseyez-vous... je vais vous décrire exactement ce qui se passe. Béran s'assit avec précaution. Palafox l'examina à travers ses paupières mi-closes. — Ce que vous avez entendu dire des tourmentes et des difficultés qui règnent sur Pao est à demi exact. Il s'y passe en effet des événements de cette nature. C'est regrettable, mais inévitable.

Béran ne comprit pas. — Pao souffre de la sécheresse ? D'épidémies ? De famines ?

— Non, dit Palafox. Il n'y a rien de tout cela. Simplement des changements sociaux. Bustamonte s'est embarqué dans une entreprise nouvelle mais courageuse. Vous vous rappelez l'invasion en provenance de Batmarsh ?

— Oui, mais où...

— Bustamonte veut empêcher que ne se reproduise ce honteux événement. Il est en train de former un corps de guerriers chargés de défendre Pao. Il leur a assigné comme lieu de résidence le littoral Hylanth du continent Shraimand. L'ancienne population a été déplacée. Un nouveau groupe, entraîné aux idéaux militaires et parlant une langue différente du paonais, a pris sa place. Sur le continent Vidamand, Bustamonte use de moyens semblables pour créer un complexe industriel qui rendra Pao indépendant de Mercantil.

Béran se tut, impressionné par l'envergure de ces immenses entreprises, mais son esprit nourrissait encore quelques doutes. Palafox attendit patiemment. Béran fronça les sourcils d'un air indécis, se mordit les phalanges et s'écria enfin :

— Mais les Paonais n'ont jamais été ni des

guerriers ni des ingénieurs... ils ne savent rien de ces choses ! Comment le plan de Bustamonte pourrait-il réussir ?

— N'oubliez pas, dit sèchement Palafox, que je suis le conseiller de Bustamonte.

Cette phrase entraînait un corollaire assez troublant... le marché qui existait certainement entre les deux parties. Béran écarta volontairement cette idée, refusa d'y penser. D'une voix qui avait perdu en agressivité, il demanda : — Etait-il nécessaire de chasser les habitants de chez eux ?

— Oui. Il ne fallait pas que le nouveau groupe fût influencé par l'ancienne langue ou les anciennes coutumes.

Paonais de naissance, sachant d'autre part que les tragédies de masses étaient lieux communs dans l'histoire de Pao, Béran put accepter dans toute sa force l'explication de Palafox. — Les membres de ces groupes, seront-ils... seront-ils de véritables Paonais ?

Palafox parut surpris. — Pourquoi pas ? Ils seront de sang paonais, ils seront nés et élevés à Pao, fidèles à leur pays, sujets à nulle autre allégeance.

Béran ouvrit la bouche pour parler, la referma, pris de doutes.

Palafox attendit, mais Béran, quoique manifestement insatisfait, ne sut quel mode d'expression logique donner à ses émotions.

— Et à présent, fit Palafox d'un tout autre ton, dites-moi comment vous vous tirez d'affaires à l'Institut.

— Cela va très bien. J'ai terminé ma quatrième thèse. Le prévôt a trouvé matière à intérêt dans mon dernier essai indépendant.

— Quel en était le sujet ?

— Une dissertations sur le vocable clef *praesens* en paonais, et une tentative de transposition dans les attitudes breaknessiennes.

La voix de Palafox se teinta de nervosité. — Vous vous jugez donc qualifié pour analyser la mentalité des habitants de Breakness ?

Un peu surpris par cette désapprobation implicite, Béran n'en répondit pas moins avec simplicité : — Sûrement, une personne comme moi, qui n'appartient ni à Pao ni à Breakness, mais à tous les deux à la fois, est mieux apte que toute autre à faire des comparaisons.

— Mieux, par exemple, qu'une personne comme moi ?

Béran soupesa la question. — Les éléments me manquent pour vous répondre.

Palafox le contempla durement, puis éclata de rire.

— Il faut que je me procure votre essai et que je le lise attentivement. Avez-vous déjà décidé dans quel sens vous comptez orienter vos études ?

Béran secoua la tête. — Une douzaine de possibilités s'offrent à moi. Pour l'instant, je suis absorbé par l'histoire de l'humanité, par l'éventualité d'un plan et par son absence dans certains cas particuliers. Mais j'ai beaucoup à apprendre, nombre d'autorités à consulter, et peut-être cette forme finira-t-elle par se révéler à moi.

— Vous suivez apparemment l'inspiration du dominie Arbursson, le téléologue ?

— J'ai étudié ses idées, dit Béran.

— Ah ! Et elles ne vous intéressent pas ?

De nouveau, Béran prit le temps de réfléchir. — Mon seigneur Arbursson est un dominie de Breakness. Moi, je suis paonais.

Palafox eut un rire bref. — Votre phrase implique une équivalence entre ces deux états.

Béran, déconcerté par l'agressivité de Palafox, ne répondit pas.

— Eh bien ! fit Palafox, un peu lourdement, j'ai l'impression que vous suivez votre chemin et que vous progressez. Il contempla Béran de haut en bas. — En outre, vous avez commencé à fréquenter le terminus.

Influencé par les attitudes paonaises, Béran rougit. — C'est vrai.

— Dans ce cas, il est temps que vous fassiez vos débuts dans la pratique de la procréation. Sans doute n'ignorez-vous rien de la théorie nécessaire ?

— Les étudiants de mon âge parlent rarement d'autre chose, dit Béran. S'il vous plaît, Seigneur Palafox, aujourd'hui, au terminus...

— Ah, nous en arrivons au fond du problème. Alors, comment s'appelle-t-elle ?

— Gitan Netsko, dit Béran d'une voix rauque.

— Attendez-moi ici. Palafox quitta la pièce à grandes enjambées.

Vingt minutes plus tard, il reparut sur le seuil, fit signe à Béran. — Venez.

Un aérocar au toit en forme de dôme attendait devant la maison. A l'intérieur, était assise, recroquevillée dans un coin, une petite silhouette solitaire. Palafox fixa sur Béran un regard sévère.

— La coutume veut qu'un père assure l'éducation de son fils, lui procure sa première femme, et lui dispense une quantité modérée de conseils dépourvus de passions. L'éducation, vous en profitez déjà. Dans la voiture (que vous pouvez garder), vous trouverez la femme de votre choix. Quant aux conseils, les voici, et retenez-les bien car vous n'en recevrez jamais de plus précieux ! Détectez dans vos pensées toutes traces de mysticisme et de sentimentalité paonais. Isolez ces impulsions, prenez-en conscience, mais ne cherchez pas nécessairement à les extirper, car leur influence s'exercerait alors à un niveau plus profond, plus essentiel. Il leva le bras, dans une attitude très frappante, typique de Breakness. — Je me suis acquitté de mes responsabilités. Il ne me reste plus qu'à vous souhaiter une carrière pleine de succès, cent fils de grande valeur, et l'envie respectueuse de vos pairs. Il s'inclina cérémonieusement.

— Je vous remercie, dit Béran. Il lui tendit son salut, se détourna et, dans les hurlements du vent, marcha jusqu'à la voiture.

La fille, Gitan Netsko, leva les yeux à son entrée, puis les détourna et reporta son regard sur la Rivière Bise.

Le cœur trop plein, Béran se tut. Enfin, il tendit la main, prit celle de la jeune fille qu'il trouva molle et fraîche ; son visage à elle n'exprimait rien.

Béran s'efforça d'exprimer ce qui lui tenait à cœur. — A présent, vous êtes confiée à mes soins... je suis paonais...

— Mon seigneur Palafox m'a ordonné de vous servir, dit-elle d'une voix mesurée, sans passion.

Béran soupira. Il se sentait malheureux, torturé par des impulsions contraires : le mysticisme et la sentimentalité paonais que Palafox lui avait expressément conseillé de surveiller. Il décolla dans le vent, puis dirigea le véhicule vers son dortoir, au bas de la pente. Ce fut en proie à des émotions diverses qu'il conduisit la jeune fille dans sa chambre.

Debout dans la petite pièce austère, ils se regardèrent avec gêne. — Demain, dit Béran, je vous ferai aménager un appartement plus confortable. Aujourd'hui, il est trop tard.

Les yeux de la fille s'embuaient. Tout à coup, elle se laissa tomber sur la couchette et se mit à pleurer : des larmes de solitude, d'humiliation, de chagrin.

Béran, se sentant coupable, alla s'asseoir à côté d'elle. Il lui prit la main, la caressa, murmura quelques paroles de consolation, qu'elle n'entendit pas. C'était son premier contact intime avec le chagrin ; il en fut extrêmement troublé.

La jeune fille parlait, d'une voix basse et monotone : — Mon père était un homme bon... il n'avait jamais fait de mal à personne. Notre maison avait près de mille ans. Les siècles avaient noirci sa charpente et la mousse poussait sur ses vieilles pierres. Nous vivions près de l'Etang Mervan : Nous cultivions des légumes derrière la maison et nous avions un verger de pruniers sur les pentes de la Montagne Bleue. Quand les agents sont venus, quand ils nous ont ordonné de partir, mon père a été stupéfait. Quitter notre vieille maison ? Il croyait à une plaisanterie. Mais non ! Ils lui ont dit trois mots à l'oreille et mon père s'est tu, pâle de fureur. Nous ne bougions toujours pas. Puis, quand ils sont revenus pour la seconde fois... La voix mélancolique s'éteignit peu à peu ; les larmes laissaient leurs douces empreintes sur le bras de Béran.

— Tout cela sera réparé, dit-il.

Elle secoua la tête. — C'est impossible... et je préférerais être morte, moi aussi.

— Non, ne dites jamais cela ! Béran s'efforça de la consoler. Il lui caressa les cheveux, l'embrassa sur la joue. Malgré lui — car ce contact l'excitait — ses caresses se firent plus intimes. Elle ne lui opposa aucune résistance. Au contraire, on eût dit qu'elle accueillait les gestes de l'amour comme une distraction à son chagrin.

Ils se réveillèrent tôt dans l'obscurité du petit matin, alors que le ciel était de la couleur du plomb fondu, la montagne noire et lisse comme le goudron, que la Rivière Bise rugissait dans les ténèbres.

Au bout d'un moment, Béran dit : — Vous savez si peu de chose sur moi. N'êtes-vous pas curieuse ?

Gitan Netsko marmonna quelque chose sans se compromettre, ce qui vexa légèrement Béran.

— Je suis paonais, dit-il avec ardeur. Je suis né à Eiljanre il y a quinze ans. Mon séjour à Breakness n'est que provisoire.

Il se tut, s'attendant à ce qu'elle lui demandât la raison de son exil, mais elle détourna la tête et regarda le ciel à travers la haute fenêtre étroite.

— En attendant, je suis les cours de l'Institut, dit Béran. Jusqu'à hier soir, j'étais indécis, je ne savais pas dans quel domaine me spécialiser. A présent, je sais ! Je vais devenir dominie ès linguistique.

Gitan Netsko reporta son regard sur lui. Il ne put traduire l'émotion qu'il lisait dans ses yeux. Ils étaient immenses, d'un vert marin, frappants sur sa peau claire. Il la savait plus jeune que lui d'un an, mais, devant elle, il se sentait mal assuré, inefficace, absurde.

— A quoi pensez-vous ? demanda-t-il plaintivement.

Elle haussa les épaules. — A rien...

— Oh, voyons ! Il se pencha vers elle, l'embrassa sur le front, sur la joue, sur la bouche. Elle ne réagit ni dans un sens ni dans l'autre. Béran s'inquiéta. — Je vous déplais ? Je vous ennuie ?

— Non, dit-elle d'une voix douce. Comment serait-ce possible ? Tant que je suis liée par contrat à un homme de Breakness, mes sentiments n'ont aucune signification.

Béran se redressa, comme mû par un ressort.

— Mais je ne suis pas un homme de Breakness ! Ce que je vous ai dit est vrai ! Je suis paonais !

Gitan Netsko ne répondit pas et parut se perdre dans son univers personnel.

— Un jour, je retournerai à Pao. Bientôt, peut-être, qui sait ? Vous viendrez avec moi.

Toujours pas de réaction. Exaspéré, Béran s'écria : — Vous ne me croyez pas ?

Elle répliqua d'une voix assourdie : — Si vous étiez un vrai Paonais, vous sauriez ce que je crois.

Béran se tut. Enfin, il dit : — Quelle que soit ma véritable identité, je constate que vous ne me croyez pas paonais !

Furieuse, elle éclata : — Et quelle serait la différence ? Pourquoi en tireriez-vous tant de fierté ? Les Paonais sont de misérables vers de terre... ils se laissent molester, dépouiller, assassiner par le tyran Bustamonte sans lever le petit doigt ! Ils courent se mettre à l'abri comme des moutons dans le vent rompent devant la menace. Les uns fuient vers un autre continent, les autres... elle darda sur lui un regard glacé — vers une planète lointaine. Je ne suis pas fière d'être paonaise !

Béran se leva, sombre, détournant les yeux. Il se vit devant elle en imagination : quel personnage grotesque il devait faire ! Il n'avait rien à dire pour sa propre défense : plaider l'ignorance, l'impuissance, eût été abject. Il poussa un profond soupir, se mit à s'habiller.

Il sentit une main sur son bras. Gitan Netsko, à genoux sur le lit, souriait d'un air indécis. —

Pardonnez-moi... je sais que vous ne pensiez pas à mal.

Béran, qui se sentait vieux de mille ans, secoua la tête. — Je ne pensais pas à mal, c'est vrai... Mais les reproches que vous m'avez adressés sont vrais aussi... Il y a tant de vérités, comment trancher entre elles ?

— Je ne sais rien de toutes ces vérités-là, dit la jeune fille. Mais je connais mes propres sentiments et je sais que, si je le pouvais, je tuerais Bustamonte le Tyran !

D'aussi bonne heure que le permettaient les coutumes de Breakness, Béran se présenta chez Palafox. L'un des fils du maître de maison lui ouvrit la porte, lui demanda le but de sa visite, question à laquelle Béran omit de répondre. On le fit attendre quelques minutes qu'il passa à arpenter nerveusement le sol de la petite antichambre sombre, tout en haut de la maison.

L'instinct de Béran lui conseillait la circonspection, une étude préliminaire du terrain — mais il savait (et son cœur battait à cette pensée) qu'il manquait de la finesse nécessaire.

Enfin, on vint le chercher et on le conduisit, par l'escalator, dans une pièce lambrissée où Palafox, vêtu d'une robe de chambre bleu foncé, déjeunait de fruits chauds épicés. Il regarda Béran sans changer d'expression, lui adressa un signe de tête presque imperceptible. Béran s'inclina respectueusement et dit, de sa voix la plus sérieuse : — Seigneur Palafox, je viens de prendre une décision importante.

Palafox leva sur lui des yeux vides. — Qu'y a-t-il là d'extraordinaire ? Vous avez atteint un âge où l'on doit être responsable de ses actes. Aucune de vos décisions ne devrait jamais être frivole.

Béran poursuivit avec entêtement : — Je vais retourner à Pao.

Palafox ne répondit pas immédiatement, mais il était net que la requête de Béran n'éveillait chez lui aucun enthousiasme. Puis il répliqua d'un ton très sec : — Je suis étonné par votre manque de sagesse.

De nouveau, la diversion subtile, la canalisation de l'énergie adverse dans des chemins compliqués. Mais, dans le cas de Béran, cet artifice ne servait de rien. Il reprit : — J'ai réfléchi au programme de Bustamonte, et je suis inquiet. Ce programme a sans doute ses avantages, mais il me semble que des forces anormales et antinaturelles sont à l'œuvre.

Palafox pinça les lèvres. — En supposant que vos impressions correspondent à la réalité, que pourriez-vous faire pour contrer cette tendance ?

— C'est moi le véritable Panarque, n'est-ce pas ? Bustamonte n'est qu'Ayudor-Senior. Si j'apparaissais devant lui, il devrait m'obéir.

— En théorie. Comment prouverez-vous votre identité ? Que ferez-vous s'il cherche à vous faire passer pour un fou, pour un imposteur ?

Béran se tut ; c'était une question qu'il n'avait pas envisagée.

Palafox continua impitoyablement. — Vous seriez soumis à la noyade. Le cours de votre vie serait interrompu. Quels résultats auriez-vous obtenus ?

— Je pourrais ne pas me présenter devant Bustamonte. Si je débarquais sur l'une des îles — Ferai ou Viamne...

— Parfait. Supposons que vous convainquiez un certain nombre de personnes de votre identité. Il n'en est pas moins certain que Bustamonte opposerait une résistance. Peut-être provoqueriez-vous une guerre civile. Si l'attitude de Bustamonte vous paraît brutale, revoyez vos propres intentions dans ce sens.

Béran sourit. — Vous ne comprenez pas les Paonais. Il n'y aurait pas de guerre. Simplement, Bustamonte ne parviendrait plus à exercer son autorité.

L'exactitude des vues de Béran n'avait pas l'heur de plaire à Palafox. — Et si Bustamonte a vent de votre arrivée, s'il lance à l'assaut de votre nef un escadron de neutraloïdes, que se passera-t-il alors ?

— Comment pourrait-il le savoir ?

Palafox mordit dans une pomme. — C'est moi qui le lui dirais, déclara-t-il avec décision.

— Vous avez donc l'intention de vous opposer à mes buts ?

Palafox lui adressa son mince sourire. — Mais non. A moins, bien sûr, que vous n'agissiez à l'encontre de mes intérêts... et il se trouve qu'en ce moment mes intérêts coïncident avec ceux de Bustamonte.

— Quels sont donc ces intérêts ? s'écria Béran. Qu'espérez-vous obtenir ?

— A Breakness, fit doucement Palafox, ce sont des questions que l'on ne pose jamais.

Un instant, Béran resta silencieux. Puis il se détourna et s'enquit avec amertume : — Pourquoi donc m'avez-vous amené ici ? Pourquoi m'avez-vous fait inscrire à l'Institut ?

La base du conflit étant à présent bien définie, Palafox se détendit et se carra plus confortablement sur son siège. — Quel mystère voyez-vous dans mes actes ? L'habile stratège se réserve le plus grand nombre d'outils et d'artifices possible. Votre fonction consistait à servir de levier contre

Bustamonte, pour le cas où le besoin s'en ferait sentir.

— Et maintenant je ne peux plus vous être utile ?

Palafox haussa les épaules. — Comment le saurais-je ? Je suis incapable de lire dans l'avenir. Cependant, mes plans pour Pao...

— *Vos* plans pour Pao ! s'écria Béran.

— ... suivent normalement leurs cours. Tout ce que je peux dire, c'est que vous n'êtes plus un atout pour moi, puisque vous menacez de faire obstacle à mes désirs. Mieux vaut, en conséquence, que nos relations soient bien définies. Je ne suis pas votre ennemi, mais vos intérêts ne coïncident plus avec les miens. Vous n'avez nulle raison de vous plaindre de moi. Sans mon aide, vous seriez mort. Je vous ai fourni assistance, je vous ai pourvu d'un logement, d'une excellente éducation. Je continuerai d'assurer votre carrière jusqu'au jour où vous vous retournerez contre moi. Voilà tout ce que j'ai à vous dire.

Béran se leva, salua. Il fit un pas vers la porte, hésita, jeta un coup d'œil en arrière. En rencontrant le regard de ces grands yeux noirs, brûlants, aux pupilles dilatées, il tressaillit. Ce n'était pas là le seigneur Palafox connu pour son comportement logique et raisonnable, pour son intelligence, pour ses nombreuses modifications, le seigneur Palafox qui ne le cédait en prestige qu'au Grand Dominie Vampellte. Cet homme-là était étrange et cruel, il émettait une force mentale anormale et contraire à la logique.

Béran retourna à sa cellule ; il trouva Gitan Netsko assise sur la banquette de pierre, le menton sur les genoux, les bras noués autour des chevilles.

Elle leva la tête à son entrée et, malgré sa déception, Béran ressentit, à la pensée qu'il en était propriétaire, un mouvement de plaisir aigu. Il la trouvait charmante : c'était une Paonaise typique des Vinelands, mince, élancée, claire de peau, fine, aux traits bien modelés. Son expression était indéchiffrable. Béran n'avait pas la moindre idée de l'opinion qu'elle se faisait de lui, mais le fait était coutumier sur Pao où les relations intimes entre jeunes se voilaient d'indécision et d'ambiguïté. Un mouvement de sourcils pouvait indiquer la passion la plus violente ; une hésitation, un mot prononcé un peu plus bas que l'autre, l'antipathie la plus absolue... Brusquement, Béran déclara : — Palafox ne veut pas que je retourne à Pao.

— Vraiment ? Et alors ?

— Alors ? Il alla vers la fenêtre, contempla sombrement le gouffre inondé de brouillard.

— Alors... je me passerai de sa permission. Je partirai dès que l'occasion se présentera.

Elle le regarda avec scepticisme. — Mais à quoi servira votre retour ?

Indécis, Béran secoua la tête. — Je ne sais pas exactement. J'espère ramener l'ordre, restaurer les anciennes coutumes.

Elle eut un rire triste, sans mépris. — C'est une belle ambition. J'espère assister à sa réalisation.

— Je l'espère aussi.

— Mais tout cela m'étonne. Comment y parviendrez-vous ?

— Je n'en sais rien. Si tout se passait au mieux, il me suffirait de donner des ordres. Voyant son expression, Béran expliqua : — Vous comprenez, je suis le véritable Panarque. Mon oncle Bustamonte est un assassin. Il a tué mon père, Aiello.

XI

La décision qu'avait formée Béran de retourner à Pao était difficile à réaliser. Il n'avait ni les fonds nécessaires, ni l'autorité suffisante pour se procurer un moyen de transport. Il tenta d'obtenir un billet gratuit pour lui et la jeune fille ; il n'essuya que des rebuffades. Découragé, il boudait dans sa chambre, négligeant ses études, n'adressant que rarement la parole à Gitan Netsko, qui passait la plus grande partie de son temps à contempler d'un œil vide le gouffre balayé par le vent.

Trois mois s'écoulèrent. Et, un matin, Gitan Netsko fit remarquer qu'elle se croyait enceinte.

Béran la conduisit à la clinique, la fit inscrire pour l'examen prénatal. Son apparition surprit et amusa le personnel de la clinique. — Vous avez conçu cet enfant sans l'aide de personne ? Allons, dites-nous la vérité, qui est le véritable père ?

— Cette jeune femme m'est liée par contrat, déclara Béran, furieux et indigné. C'est moi le père.

— Pardonnez notre scepticisme, mais vous nous paraissez un peu jeune.

— Les faits semblent vous contredire, rétorqua Béran.

— Nous verrons, nous verrons. Ils firent signe à Gitan Netsko. — Entrez dans le laboratoire. Au dernier moment, la jeune femme s'effaroucha. — Je vous en prie. Je ne veux pas.

— Cet examen fait partie de la routine habituelle, lui assura le secrétaire. Par ici, s'il vous plaît.

— Non, non, cria-t-elle en reculant. Je ne veux pas y aller.

Béran, étonné, se tourna vers le secrétaire préposé à la réception. — Cet examen est-il indispensable ?

— Bien entendu ! fit le secrétaire, exaspéré. Nous recherchons les troubles génétiques ou les anomalies possibles. Détectés dès maintenant, ces facteurs ne risqueront pas de soulever des difficultés par la suite.

— Ne pouvez-vous attendre qu'elle se soit un peu calmée ?

— Nous lui donnerons un sédatif. Il entraîna la jeune femme. Elle se retourna et jeta à Béran un coup d'œil angoissé qui lui apprit beaucoup de choses encore informulées.

Béran attendit. Une heure. Deux heures. Il frappa à la porte. Un jeune médecin se présenta et Béran crut discerner une certaine gêne dans son expression.

— Pourquoi ce retard ? Tout est certainement terminé, à présent...

Le médecin leva la main. — Il y a eu quelques complications. Il s'est révélé que, finalement, vous n'aviez pas engendré d'enfant.

Béran sentit ses entrailles se nouer. — Quelle sorte de complications ?

Le médecin recula, ouvrit la porte. — Vous feriez mieux de retourner dans votre dortoir. Il est inutile d'attendre plus longtemps.

Une fois dans le laboratoire, Gitan Netsko avait été soumise à une série de tests. Enfin, on l'étendit sur une couchette et on la roula sous une lourde machine. Un champ électrique amortit ses courants céphaliques, l'anesthésia ; pendant ce temps, une aiguille à la pointe infinitésimale plongeait dans son abdomen, effleurait l'embryon et retirait une demi-douzaine de cellules.

Le champ s'éteignit ; Gitan Netsko reprit conscience. On la conduisit dans une salle d'attente. La machine évalua, classa la structure génétique des cellules embryonnaires.

Enfin, elle émit le signe suivant : — Enfant mâle, normal à tous les niveaux. Classe AA. Elle indiqua également le type génétique de la femme, ainsi que celui du père.

L'opérateur examina sans grand intérêt l'index paternel, puis le regarda de plus près. Il appela l'un de ses collègues, tous deux pouffèrent de rire, et le premier parla dans un communicateur.

La voix du seigneur Palafox retentit dans la pièce. — Une jeune Paonaise ? Montrez-moi son visage... Oui, je me rappelle, je l'ai fécondée juste avant de la donner à mon pupille. L'enfant est-il réellement de moi ?

— Sans aucun doute, seigneur Palafox. L'embryon présente certains indices avec lesquels nous sommes on ne peut plus familiers.

— Parfait... je viens la chercher.

Palafox arriva dix minutes plus tard. Il s'inclina avec courtoisie devant Gitan Netsko, qui le regarda craintivement.

Palafox lui dit poliment : — Vous portez, paraît-il, un enfant dont je suis le père. Un enfant de classe AA, ce qui est excellent. Je vais vous conduire à mon dortoir personnel, où vous recevrez les soins les plus attentifs.

Stupéfaite, elle répéta : — Je porte un enfant dont vous êtes le père ?

— Oui. Les examens de laboratoire l'ont prouvé. Si votre grossesse parvient normalement à son terme, vous aurez droit à une prime. Soyez sûre que je me montrerai généreux à votre égard.

Elle se leva d'un bond, les yeux étincelants. — Quelle horreur ! Je ne veux pas donner naissance à ce monstre !

Affolée, elle s'enfuit, franchit la porte en courant, poursuivie par Palafox et le médecin.

Elle passa à toute allure devant la porte de la pièce où Béran l'attendait ; elle n'avait d'yeux que pour l'immense puits de l'ascenseur qui communiquait avec les étages inférieurs et supérieurs.

Sur le palier, elle s'arrêta, éperdue, jeta un coup d'œil derrière elle. Palafox n'avait plus que quelques mètres à parcourir pour la rattraper. — Arrêtez ! hurla-t-il avec passion. C'est mon enfant que vous portez !

Elle ne répondit pas, se détourna, regarda le puits de l'ascenseur. Puis elle ferma les yeux, soupira, et se laissa tomber la tête la première. La chute dura longtemps ; son corps rebondissait d'une paroi à l'autre ; Palafox regardait, stupéfait. Enfin, elle alla s'écraser sur le sol et les médecins ne trouvèrent plus d'elle qu'un tas de chair saignante.

Ils la remontèrent sur un brancard mais l'enfant était perdu et Palafox, écœuré, s'en alla.

Il y avait encore d'autres blessures et, puisque Gitan Netsko avait décidé de mourir, la médecine de Breakness ne pouvait rien faire pour la forcer à vivre.

En revenant, le lendemain matin, Béran apprit que l'enfant était le fils du seigneur Palafox ; on lui dit qu'après l'examen, la jeune femme était retournée au dortoir de Palafox afin d'y attendre le moment de l'accouchement et de toucher la prime qui lui était due. On prit beaucoup de soin pour cacher les circonstances véritables de sa mort ; rien n'était plus susceptible de diminuer le prestige d'un homme ou de le rendre ridicule aux yeux de ses pairs qu'un épisode de ce genre : une femme se tuant plutôt que de porter son enfant.

Pendant une semaine, Béran resta assis dans sa cellule ou s'en alla errer dans les rues où il demeurait aussi longtemps que sa chair pouvait supporter le froid. Et ce n'était pas sa volonté consciente qui le ramenait dans son dortoir.

Jamais l'existence ne lui avait paru si dépourvue de charmes.

La réaction fut violente. Il se jeta dans le travail et accumula les connaissances, qui servirent de barrage contre son chagrin.

Deux années passèrent. Béran grandit ; à présent, les os de son visage formaient saillie sous sa peau. Le souvenir de Gitan Netsko s'estompa dans sa mémoire, se mua en un rêve doux-amer.

Un ou deux événements étranges eurent lieu durant cette période... des événements qu'il ne put s'expliquer. Un jour, il rencontra Palafox dans un couloir de l'Institut. Palafox lui lança un regard si haineux que Béran, stupéfait, resta figé sur place. C'était lui qui avait des raisons d'en vouloir à Palafox, et non le contraire. Pourquoi cette animosité ?

Un autre jour, il était assis à son bureau, dans la bibliothèque quand, levant la tête, il vit, sur le seuil, un groupe de dominies qui le considéraient d'un air amusé, comme s'il leur eût rappelé une histoire divertissante. C'était en effet le cas, et la pauvre Gitan Netsko faisait les frais de leur conversation. Les circonstances de sa mort étaient si particulières qu'on n'avait pu les tenir secrètes, et l'on se montrait du doigt l'adolescent qui avait, pour ainsi dire, « surclassé » Palafox à un point tel que la jeune femme avait préféré se tuer plutôt que retourner à lui.

Enfin, l'histoire perdit de sa nouveauté, on l'oublia ; seules subsistèrent les traces émotionnelles de l'événement.

Après la mort de Gitan Netsko, Béran recommença de fréquenter l'astroport... autant dans l'espoir d'apprendre ce qui se passait sur Pao que pour regarder les femmes. Lors de sa quatrième visite, il fut surpris de constater qu'un groupe assez nombreux de jeunes gens — quarante ou cinquante — presque certainement paonais, débarquaient de la navette. Lorsqu'il se fut approché suffisamment pour les entendre parler, ses derniers doutes se dissipèrent : ils étaient bien paonais !

Béran accosta l'un de ceux qui attendaient devant le bureau d'enregistrement, un grand jeune homme au visage sérieux à peu près de son âge. Il se força à parler d'une voix indifférente.

— Comment vont les choses à Pao ?

Son interlocuteur l'examina avec attention, comme pour déterminer jusqu'à quel point il pouvait se montrer franc. Enfin, il se décida pour une réponse peu compromettante. — Aussi bien que possible étant donné l'époque et les circonstances.

Béran ne s'attendait pas à en apprendre davantage. — Que faites-vous à Breakness ?

— Nous sommes des étudiants linguistes et nous venons parfaire nos connaissances.

— Des « linguistes » ? A Pao ? Qu'est-ce que cette innovation ?

Le nouvel arrivant étudia Béran. — Vous parlez notre langue avec l'accent de Pao. Il est étrange que vous soyez si peu au fait des affaires courantes.

— Je vis à Breakness depuis cinq ans. Vous êtes seulement le deuxième Paonais que j'ai eu l'occasion de rencontrer durant cette période.

— Je vois... Eh bien, il y a eu des changements. Aujourd'hui, sur Pao, il faut savoir au moins cinq langues, ne fût-ce que pour réclamer un verre de vin.

La file s'avança vers le bureau. Béran suivit, comme autrefois avec Gitan Netsko. Comme il regardait le fonctionnaire inscrire les noms au fur et à mesure sur un registre, une idée lui vint à l'esprit, une idée si folle que l'émotion lui coupa la voix.

— C... combien de temps doit durer votre séjour ? demanda-t-il, avec peine.

— Un an.

Béran recula, examina soigneusement la situation. Le plan semblait réalisable. De toute façon, que risquait-il ? Il jeta un coup d'œil à ses vêtements : ils étaient typiques de Breakness. Il se retira dans un coin, ôta sa blouse et son gilet ; en inversant leur ordre et en les laissant pendre au-dessus de son pantalon, il obtint un résultat qui ressemblait approximativement au costume paonais.

Il se posta à la dernière place dans la file. Le jeune homme qui le précédait le regarda avec curiosité, mais ne fit aucun commentaire. Enfin, il arriva devant le bureau. Le secrétaire était un jeune don de l'Institut plus âgé que Béran de quatre ou cinq ans. Il semblait s'ennuyer profondément et c'est à peine s'il leva la tête quand Béran se présenta devant lui.

— Quel nom ? s'informa-t-il en un paonais maladroit.

— Ercole Paraio.

Sourcils froncés, le jeune don consulta sa liste.

— Comment l'épelez-vous ?

Béran épela le nom qu'il venait d'inventer.

— Bizarre, marmonna l'autre. Il ne se trouve pas sur la liste. C'est un imbécile quelconque qui se sera trompé... Il se tut, parcourut encore une fois sa liste. — Répétez-moi votre nom ?

Béran s'exécuta, et le jeune homme l'ajouta sur son registre. — Très bien. Voici votre passeport. Gardez-le constamment sur vous pendant votre séjour à Breakness. Vous nous le rendrez au moment de votre départ pour Pao.

Béran suivit les autres jusqu'au véhicule qui les attendait et, sous sa nouvelle identité d'Ercole Paraio, fut conduit dans un dortoir. A première vue, son espoir était fou, mais au fond... pourquoi pas ? Les étudiants linguistes n'avaient aucune raison de l'accuser ; leurs esprits étaient occupés par les nouveautés de Breakness. Qui s'inquiéterait de Béran, le pupille négligé de Palafox ? Personne. Les étudiants de l'Institut n'avaient de responsabilités qu'envers eux-mêmes. En tant qu'Ercole Paraio, il disposerait d'assez de temps libre pour que l'on aperçût de temps en temps Béran Panasper, jusqu'au jour où celui-ci disparaîtrait tout à fait.

On attribua à Béran, comme aux autres étudiants linguistes, une cellule et une place à la table du réfectoire.

Le lendemain, les élèves se rassemblèrent dans une vaste pièce aux murs de pierre nue, au toit de verre transparent. Les faibles rayons du soleil découpaient une frontière oblique entre la zone d'ombre et la zone de lumière.

Un jeune don de l'Institut nommé Finisterle, l'un des nombreux fils de Palafox, fit son entrée pour haranguer les élèves. Béran l'avait plusieurs fois remarqué : il était grand, plus maigre encore que ne l'étaient d'ordinaire les habitants de Breakness, il avait le nez proéminent, le front autoritaire de Palafox, mais aussi des yeux bruns et pensifs, un teint basané hérités d'une mère inconnue. Il parlait d'une voix calme, presque douce, en promenant ses yeux d'un visage à l'autre, et Béran se demanda s'il allait le reconnaître.

« En un sens, vous êtes un groupe expérimental, dit Finisterle. Il est nécessaire que beaucoup de Paonais apprennent rapidement plusieurs langages. Vos études sur Breakness sont un moyen de parvenir à cette fin.

« Mais sans doute votre esprit est-il troublé. Vous vous demandez pourquoi il vous faut apprendre trois nouveaux langages.

« Dans votre cas, la réponse est simple. Vous allez former un corps d'élite chargé de coordonner, de dépêcher les affaires, d'instruire.

« Mais ceci ne répond pas entièrement à votre question. Ce que vous voulez savoir, c'est la raison pour laquelle *les Paonais* doivent apprendre de nouvelles langues. Vous trouverez la solution de ce problème dans la science de la linguistique dynamique. Cette science comporte quelques principes de base que je vais vous citer sans preuve, sans arguments, et que, pour le moment tout au moins, vous devez accepter arbitrairement.

« La langue détermine les démarches adoptées par la pensée, les réactions qui suivent les actes.

« Aucune langue n'est neutre. Toutes les langues fournissent des impulsions à l'esprit, certaines avec plus de vigueur que d'autres. Je vous le répète, nous ne connaissons pas de langue « neutre », et aucune langue n'est supérieure à l'autre, quoique la langue A puisse être mieux adaptée au contexte X que la langue B.

« Si nous allons plus loin, nous remarquons que toute langue impose à l'esprit un certain point de vue sur le monde. De toutes les « images du monde » qui existent, laquelle est la vraie ? Et quelle langue l'exprimera ? D'abord nous n'avons nulle raison de croire que la véritable « image du monde », à supposer qu'elle existe, puisse être un outil valable ou avantageux. Ensuite, nul standard ne nous permet de la définir. La « Vérité » est contenue dans les préjugés de celui qui cherche à la déterminer. Toute organisation d'idées, quelle qu'elle soit, présuppose un jugement sur le monde. »

Béran écoutait, vaguement étonné. Finisterle s'exprimait en paonais, avec un accent presque imperceptible. Ses idées étaient beaucoup plus équivoques et modérées que toutes celles jamais entendues par lui à l'Institut.

Finisterle poursuivit sa harangue, il décrivit le programme des études ; tout en parlant, il regardait, semblait-il, de plus en plus fréquemment dans la direction de Béran. Le jeune homme sentit ses craintes se préciser.

Mais, une fois terminé son discours, Finisterle ne manifesta pas la moindre intention d'accoster Béran et parut, au contraire, l'ignorer. Béran se dit que finalement il n'avait peut-être pas été reconnu.

Par la suite, le jeune homme s'efforça de ne rien changer, du moins en apparence, à son existence précédente. Il fréquenta le plus souvent possible les studios, les bibliothèques de recherche et les salles de classe de l'Institut, pour éviter que l'on remarque une baisse dans son activité.

Le troisième jour, comme il pénétrait dans une cabine de lecture, il se heurta presque à Finisterle qui en sortait. Les deux jeunes gens se regardèrent. Puis Finisterle fit un pas de côté, en s'excusant avec politesse, et poursuivit son chemin. Béran, les joues rouges et brûlantes, entra dans la cabine, mais il était trop bouleversé pour former sur le cadran le numéro du film qu'il désirait consulter.

Et puis, le lendemain matin, par une méchante coïncidence, il fut désigné pour prendre part à un cours de récitation dirigé par Finisterle ; aussi se retrouva-t-il assis devant une table de teck sombre, face-à-face avec le fils de Palafox qui finit par lui paraître désagréablement doué d'ubiquité.

L'expression de Finisterle ne changea pas ; lorsque l'occasion se présentait pour lui d'adresser la parole à Béran, il était grave et courtois, mais son élève croyait détecter dans ses yeux une étincelle sardonique. Il trouvait Finisterle trop poli, trop prévenant, trop sérieux.

Les nerfs de Béran ne purent supporter plus longtemps ce suspense. Le cours fini, il resta assis à sa place après le départ des autres.

Finisterle s'était levé pour partir. Voyant que Béran était sur le point de lui adresser la parole, il haussa les sourcils d'un air de surprise polie. — Vous avez une question à me poser, étudiant Paraio ?

— Je voudrais savoir quels sont vos projets à

mon égard. Avez-vous l'intention de rapporter à Palafox ce que vous avez découvert ?

Finisterle s'abstint de feindre l'incompréhension. — Le fait qu'en qualité de Béran Panasper vous fréquentiez l'Institut, et que, sous l'identité empruntée d'Ercole Paraio, vous étudiiez les langues avec les autres Paonais ? Pourquoi donc le rapporterais-je ?

— Je n'en sais rien. Je vous demande simplement si vous comptez le faire.

— Je ne comprends pas en quoi votre conduite pourrait être susceptible de m'affecter.

— Vous devez savoir que je suis le pupille de Palafox.

— Oh, certainement, mais je ne suis pas mandaté pour surveiller ses intérêts. A supposer, ajouta-t-il avec délicatesse, que je le désire.

Béran manifesta ouvertement sa surprise. Finisterle reprit d'une voix douce : — Vous êtes paonais, vous ne nous comprenez pas, nous, les hommes de Breakness. Nous sommes d'authentiques individus. Chacun de nous poursuit un but qui lui est propre. Le terme paonais « coopération » n'a pas son synonyme dans la langue de Breakness. Quel bénéfice me rapporterait le fait d'aller rendre compte à Palafox de votre présence ici ? Ce serait un acte irréversible. Je m'engagerais complètement sans en retirer aucun avantage. Si je ne dis rien, j'aurai encore le choix entre deux attitudes.

— Dois-je comprendre, balbutia Béran, que vous n'avez pas l'intention de lui parler de moi ?

Finisterle hocha la tête. — Je n'en ai pas l'intention, en effet, à moins de pouvoir un jour en tirer quelque avantage. Mais, pour l'instant, cette perspective reste éloignée.

XII

Une année passa — une année d'anxiété, de triomphes intérieurs, d'espoirs prudemment étouffés ; une année d'artifices, d'études intenses attisées par la nécessité d'apprendre ; une année durant laquelle Béran Panasper, l'exilé paonais, suivit attentivement, sinon très régulièrement les cours de l'Institut, et Ercole Paraio, l'étudiant linguiste, fit de rapides progrès en trois nouvelles langues : le vaillant, le technicant et le cogitant.

Béran fut heureusement surpris de constater que le cogitant n'était autre que la langue de Breakness, considérablement modifiée dans le but d'éviter les solécismes.

Il jugea plus prudent de dissimuler son ignorance des événements qui se déroulaient sur Pao, et s'abstint de poser des questions. Néanmoins, en usant de méthodes tortueuses, il réussit à apprendre pas mal de choses.

Dans certaines régions de deux continents, le littoral Hylanth de Shraimand, et les rives de la baie de Zélambre sur la côte nord de Vidamand, régnaient encore la violence, la misère, les exactions. Personne ne connaissait exactement l'envergure des plans formés par Bustamonte — sans doute avait-il pris des précautions dans ce sens.

Dans les deux régions, la population d'origine avait été déplacée (les opérations duraient toujours), et la nouvelle enclave s'élargissait peu à peu, comme une marée envahissant le territoire où avaient encore cours les vieilles coutumes paonaises. Les régions affectées étaient encore relativement réduites et les nouvelles populations, très jeunes : c'étaient des enfants de un à seize ans, guidés par quelques rares linguistes tenus, sous peine de mort, de parler la nouvelle langue à l'exclusion de toute autre.

A voix basse, les étudiants se racontaient des scènes d'horreur : la résistance passive absolue de la population, même en face de la famine ; les représailles effectuées avec un mépris bien paonais de la vie humaine.

Sous d'autres aspects, Bustamonte s'était révélé capable de gouverner avec efficacité. Les prix étaient stables, les services administratifs fonctionnaient convenablement. Bustamonte lui-même vivait sur un pied assez luxueux pour satisfaire le besoin de luxe de son peuple, mais sans extravagance qui eût risqué de ruiner le trésor public. Seuls les habitants de Shraimand et de Vidamand manifestaient un mécontentement réel — et mécontentement est un mot bien faible pour exprimer leur rancœur, leur souffrance et leur peine.

On savait peu de chose des sociétés nouvelles qui, peu à peu, s'étendaient sur les terres abandonnées, et Béran éprouvait quelque difficulté à distinguer ce qui était spéculation de ce qui était réalité.

L'individu né dans une famille paonaise était, par hérédité, insensible aux souffrances humaines, attitude qui relevait, non de la cruauté, mais d'une compréhension intuitive du destin. Pao était un monde surpeuplé et les cataclysmes affectaient automatiquement un très grand nombre de citoyens. Le Paonais typique était plus susceptible d'être touché par la situation d'un oiseau à l'aile brisée, que par la mort de dix mille personnes à la suite d'un raz de marée.

Le tempérament paonais de Béran avait été modifié par son éducation ; car on ne pouvait considérer la population de Breakness autrement que comme un groupe d'unités distinctes. Voilà peut-être pourquoi les malheurs de Shraimand et de Vidamand l'émouvaient tant. La haine, élément jusque-là étranger à sa nature, commença de se faire jour dans son esprit. Bustamonte, Palafox — ces hommes avaient à répondre de grandes cruautés.

L'année s'achevait. Grâce à son intelligence naturelle, à son zèle et à la connaissance qu'il avait de la langue de Breakness, Béran réussit à obtenir des notes honorables sous son identité d'Ercole Paraio, tout en poursuivant ses études à l'Institut. Il menait deux vies tout à fait différentes, isolées l'une de l'autre. Son ancienne existence, celle de l'étudiant qui suivait les cours de l'Institut, ne lui posait aucun problème, ses compagnons ne se préoccupant que d'eux-mêmes.

Pour l'étudiant linguiste, la situation était plus difficile. De par leur qualité de Paonais, les congénères de Béran étaient sociables et curieux, il se tailla une réputation d'excentricité car il n'avait ni le temps ni le désir de se joindre à eux pendant leurs moments de loisir.

Un beau jour, les étudiants se mirent en tête de créer, en assemblant des fragments de paonais, de cogitant, de vaillant, de technicant, de mercantile et de batch, une langue bâtarde qu'ils dotèrent d'une syntaxe syncrétique et d'un vocabulaire hétérogène. Ils lui donnèrent le nom de pastiche.

Cette langue, ils la parlèrent de plus en plus fréquemment, malgré la désapprobation de leurs instructeurs qui déploraient cette perte de temps et d'efforts. Se référant aux Vaillants, aux Cogitants et aux Technicants, les élèves rétorquaient qu'en toute logique, les interprètes, eux aussi, avaient le droit de parler une langue caractéristique. Donc, pourquoi pas le pastiche ?

Les instructeurs tombaient d'accord avec eux sur le principe, mais reprochaient au pastiche d'être un mélange informe, dépourvu de style et de dignité. Cette objection, sans convaincre les étudiants, les incitait à s'efforcer, mi-sérieusement, de douer leur création des qualités qui lui manquaient.

Béran apprit le pastiche comme ses compagnons mais ne prit aucune part à sa création. Il avait trop de travail pour consacrer une partie de son énergie à ces divertissements linguistiques. Du reste, à mesure qu'approchait le moment de son retour à Pao, ses nerfs se tendaient.

Bientôt, il ne resta plus qu'un mois, puis qu'une semaine, et les linguistes ne parlaient plus que de Pao. Béran restait à l'écart des autres, pâle et anxieux, se mordant les lèvres.

Un jour, dans un corridor sombre, il rencontra Finisterle ; il s'arrêta net. Le fils de Palafox allait-il, se rappelant tout à coup cette affaire, en parler à son père, et réduire ainsi à néant les efforts de toute une année ? Mais Finisterle poursuivit son chemin, le regard fixé sur quelque image intérieure.

Quatre jours, trois jours, deux jours — et puis, pendant le dernier cours, l'instructeur fit exploser une véritable bombe devant Béran. Le choc fut si soudain que le jeune homme se figea sur son siège et qu'un brouillard rose lui troubla la vue.

— ... vous allez entendre à présent l'éminent dominie qui est à l'origine de ce programme. Il va vous expliquer la portée de vos travaux, les responsabilités qui vont être vôtres. Voici le seigneur Palafox.

Palafox fit son entrée dans la pièce sans regarder à droite ni à gauche. Impuissant, Béran se recroquevilla sur son banc, comme un lapin qui cherche à se dissimuler au regard d'un aigle.

Palafox salua les élèves ; ses yeux passèrent avec indifférence d'un visage à l'autre sans s'arrêter sur la tête baissée de Béran.

— J'ai suivi vos progrès, dit-il. Les résultats vous font honneur. A la base, votre présence ici était une expérience et vos devoirs ont été comparés à ceux de groupes similaires travaillant sur Pao. Il semble que l'atmosphère de Breakness ait agi comme un stimulant, votre travail est bien supérieur. Il paraît même que vous avez créé une langue caractéristique destinée à votre propre usage, le pastiche. Il sourit avec indulgence. — L'idée est ingénieuse, même si la langue en question manque d'élégance et de raffinement.

— Je suppose que vous avez saisi toute l'étendue de vos responsabilités. Vous ne représentez rien moins que le pivot sur lequel vont jouer les mécanismes de Pao. Sans vos services, il serait impossible de les faire fonctionner ou même de les organiser.

Il s'arrêta, regarda son auditoire ; de nouveau, Béran baissa la tête.

Palafox continua sur un ton légèrement différent : — On a émis nombre de théories pour expliquer les innovations du Panarque Bustamonte, et la plupart de ces théories sont fallacieuses. Fondamentalement, la réalité est simple et pourtant elle ne manque pas d'envergure. Dans le passé, la société paonaise était un organisme uniforme, ses faiblesses attiraient inévitablement les prédateurs. Sa diversité nouvelle est créatrice de forces divergentes, elle protège les zones faibles. Tel est notre dessein, mais seul l'avenir nous dira si nous avons réussi ou non. Votre responsabilité, à vous, linguistes, est grande. Vous devez vous entraîner à la souplesse. Vous devez comprendre les particularités de chacune des nouvelles sociétés paonaises, car votre tâche première sera de concilier les interprétations différentes d'un même phénomène. C'est, pour une large mesure, de vos efforts que va dépendre l'avenir de Pao.

De nouveau, il salua et se dirigea vers la porte. Béran le regarda s'approcher le cœur battant ; il passa à portée de sa main et le jeune homme sentit le déplacement d'air. Ce fut au prix d'un grand effort sur lui-même qu'il s'abstint de se cacher le visage dans les mains. La tête de Palafox ne se détourna pas ; il quitta la pièce sans ralentir son allure.

Le jour suivant, les élèves, fous de joie, prirent place dans le véhicule qui devait les amener au terminus. Béran était parmi eux, dissimulé sous sa fausse identité.

Les élèves pénétrèrent dans le terminus, s'alignèrent devant le bureau. La file se mit à avancer : les élèves donnaient leur nom, tendaient leurs passeports, recevaient un billet en échange, passaient la porte et montaient dans la navette. Béran arriva devant le bureau. — Ercole Paraio, dit-il d'une voix rauque en tendant son passeport.

« Ercole Paraio. » Le secrétaire traça une croix à côté du nom, lui remit son billet.

Béran le prit, les doigts tremblants, traversa le terminus d'un pas rapide, en s'interdisant de courir. Il n'osait regarder ni à droite ni à gauche tant il craignait de rencontrer le sourire sardonique de Palafox.

Il franchit la grille, monta dans la navette. Quelques minutes plus tard, le sabord se referma, l'appareil s'éleva, vira dans le sens du vent. Il s'éloignait de Breakness, il montait vers la nef en orbite. Enfin Béran osa espérer que son plan d'une année, sa tentative de fuir Breakness, allait réussir.

Les linguistes prirent place dans la nef, la navette se laissa sombrer. Une pulsation, une secousse... le voyage avait commencé.

XIII

Le petit soleil blanc s'amenuisa, devint une minuscule étoile perdue au milieu d'une myriade d'astres semblables. La nef flottait dans l'espace noir, se mouvant imperceptiblement parmi les mondes de la galaxie.

Enfin apparut la jaune Auriol, et la verte Pao. Béran ne parvenait pas à se détacher du hublot. Il regarda la planète grandir, le disque se muer en sphère. Il repéra la configuration des huit continents, identifia une centaine d'îles, localisa les grandes cités. Neuf années s'étaient écoulées, près de la moitié de son existence. Il ne pouvait espérer retrouver Pao telle qu'il l'avait laissée.

Et si, à Breakness, son absence avait été découverte ? Si Palafox avait communiqué avec Bustamonte ? Cette appréhension avait poursuivi Béran pendant toute la durée de son voyage. Si elle se révélait exacte, alors il serait accueilli à l'arrivée par un escadron de Mamarones et sa vie s'achèverait par une courte randonnée dans la campagne, une brusque poussée, une chute sous les nuages tournoyants, le contact humide de l'eau bleuissante.

Cette idée lui semblait non seulement logique, mais vraisemblable. La navette du spacioport vint se ranger à côté de la nef ; Béran y monta. Les autres linguistes entonnèrent un vieil hymne paonais, facétieusement traduit en pastiche.

La navette se posa doucement sur la piste, les sabords s'ouvrirent. Les jeunes gens sortirent en se bousculant ; Béran se leva, les suivit avec circonspection. Il ne vit sur le terrain que le personnel de l'astroport. Il prit une profonde inspiration, regarda autour de lui. On était au milieu de l'après-midi ; des nuages floconneux flottaient dans un ciel d'un bleu très pur. Les rayons du soleil chauffaient les joues de Béran. Le jeune homme ressentit une joie presque religieuse. Jamais plus il ne quitterait Pao, fût-ce dans la vie ou dans la mort ; s'il devait succomber à la noyade, il préférait encore ce destin-là à un retour sur Breakness.

Les linguistes traversèrent le spacioport, s'engagèrent dans le vieux terminus délabré. Personne ne vint à leur rencontre, chose que Béran, habitué à l'efficacité automatique de Breakness, trouva extraordinaire. En étudiant les traits de ses compagnons, il pensa, « j'ai changé. Palafox a eu sur moi une terrible influence. J'aime Pao, mais je ne suis plus paonais. Breakness a déteint sur moi ; jamais je ne ferai totalement partie de ce monde... ou d'un autre. Je suis un étranger ; je suis « pastiche ».

Béran se sépara des autres, alla au portail, parcourut du regard le boulevard ombragé qui menait à Eiljanre. Il pouvait s'y engager, se perdre dans la foule.

Mais où irait-il ? S'il se présentait au palais, son sort serait vite réglé. Il ne désirait pas cultiver la terre, pêcher, transporter des fardeaux. Pensivement il se détourna, rejoignit les linguistes.

Le comité d'accueil officiel fit enfin son apparition ; l'un des dignitaires débita un petit discours de félicitations, les élèves répondirent par des remerciements compassés. Puis on les entassa à bord d'un bus et on les conduisit dans une auberge d'Eiljanre.

Dans le bus, Béran s'étonnait ; l'attitude des Paonais n'avait pas changé. Certes, il se trouvait à Eiljanre et non dans les zones bouleversées de Shraimand et de Vidamand... mais la tyrannie de Bustamonte aurait dû laisser des traces partout ! Or, les visages des promeneurs étaient placides.

Le bus pénétra dans le Cantatrino, un grand parc orné de trois montagnes artificielles et d'un lac, monument élevé par un ancien Panarque en mémoire de sa fille défunte, la fabuleuse Can. Il passa sous une arche moussue où les autorités du parc avaient fait disposer un portrait floral du Panarque Bustamonte. Quelqu'un avait exprimé ses sentiments à l'égard du Panarque à l'aide d'une poignée de boue. Petit symptôme extrêmement révélateur, car les Paonais ne s'intéressaient guère à la politique.

Ercole Paraio fut nommé à l'école de Cloeopter, dans la baie de Zélambre, au nord de Vidamand. Cette région était destinée à devenir le centre industriel de Pao tout entier. L'école était aménagée dans un vieux monastère construit par les premiers colons dans un but depuis longtemps oublié.

Dans les grandes pièces fraîches, inondées de soleil filtré par les feuilles vertes des arbres, des enfants de tous âges vivaient au son de la langue technicante et apprenaient, selon une méthode spéciale de causalité, la mécanique, les mathématiques, les sciences élémentaires, le métier d'ingénieur et les procédés de fabrication. Les cours avaient lieu dans des salles de classe et des ateliers très bien équipés, quoique les étudiants fussent parqués dans des dortoirs hâtivement érigés à l'aide de poteaux et de toile à tente de chaque côté du monastère. Garçons et filles, vêtus les uns comme les autres de salopettes brunes, la tête coiffée de casquettes de toile, étudiaient et travaillaient avec un zèle d'adulte. Après les heures de classe, ils étaient libres de faire ce qu'ils voulaient, à condition de ne pas quitter le terrain de l'école.

Les étudiants étaient nourris, vêtus, logés, mais ne recevaient que le strict nécessaire. S'ils désiraient un peu de luxe, des jeux, des outils particuliers, des chambres personnelles, ils pouvaient l'obtenir en produisant des articles utilisables pour les autres Paonais, et presque tous consacraient leurs heures de loisir à des travaux de ce genre. Ils fabriquaient des jouets, de la poterie, de petits appareils électriques, des plaques d'aluminium à partir de minerai qu'ils trouvaient dans un gisement tout proche, ou même ils imprimaient des périodiques en langue technicante. Un groupe d'étudiants de huitième année avait formé un projet plus complexe : ils voulaient créer une usine destinée à extraire les minéraux de la mer, et ils dépensaient tous les fonds dont ils disposaient pour se procurer le matériel nécessaire.

Les instructeurs étaient, pour la plupart, de jeunes dons de Breakness. Dès le début, Béran ressentit une impression curieuse, qu'il ne parvint pas à définir. Ce fut seulement deux mois après son arrivée à Cloeopter qu'il réussit à en détecter la source : les jeunes dons de Breakness se ressemblaient étrangement. Lorsqu'il eut fait cette découverte, Béran ne tarda pas à percevoir la vérité tout entière. Ces jeunes gens étaient tous des fils de Palafox. En tout état de cause, ils auraient dû être en train de poursuivre leurs études à l'Institut, de préparer leurs diplômes, de mériter leurs modifications. Béran trouvait la situation mystérieuse.

Quant aux tâches qui lui incombaient, elles étaient simples et hautement rémunératrices en termes de culture paonaise. Le directeur de l'école, nommé par Bustamonte, contrôlait en théorie les travaux de la discipline, mais sa responsabilité n'était que nominale. Béran lui servait d'interprète, il traduisait en technicant les remarques que le directeur jugeait bon de faire. En échange, il était logé dans une jolie maisonnette de bois et de cailloux, une ancienne ferme, il percevait un salaire honorable et avait le droit de porter un uniforme gris-vert à bandes noires et blanches.

Une année passa. Béran prenait à son travail un intérêt mélancolique, et même il se surprenait parfois à partager les ambitions et les projets de ses élèves. Pour compenser, il s'efforçait de leur décrire avec un enthousiasme prudent les idéaux de l'ancienne Pao, mais il ne rencontrait que l'indifférence. Les jeunes filles s'intéressaient bien davantage aux miracles techniques que, selon eux, il avait dû voir s'accomplir dans les laboratoires de Breakness.

Un jour de congé, Béran alla, douloureux pèlerinage, visiter la vieille maison de Gitan Netsko, qui était située à quelques kilomètres à l'intérieur des terres. Il éprouva quelques difficultés à la repérer, sur les rives du lac Mervan. Elle était déserte ; il vit des carreaux poussiéreux, craquelés, des poutres desséchées, des champs infestés de mauvaises herbes. Il s'assit sur un banc de bois pourri, sous un arbre aux branches basses, et son esprit fut assailli par de tristes images...

Il escalada la Montagne Bleue, contempla toute l'étendue de la vallée. La solitude qui y régnait le stupéfia. Cette région jadis fertile, surpeuplée, n'était plus parcourue que par des vols d'oiseaux. Des millions d'êtres humains avaient été exilés sur d'autres continents, mais beaucoup avaient préféré se coucher sous leur sol ancestral. Et la fleur du pays — les plus belles, les plus intelligentes de ses filles — payait sur Breakness les dettes de Bustamonte.

Béran retourna tristement aux rives de Zélambre. Théoriquement, il était en son pouvoir de réparer ces injustices — à supposer qu'il trouvât le moyen de réaffirmer son autorité légale. Les difficultés semblaient insurmontables. Il se sentait inepte, impuissant...

Poussé par le mécontentement, il s'exposa délibérément au danger en se rendant à Eiljanre. Il prit une chambre dans la vieille Auberge Moravi, sur le Canal, juste en face des murs du Grand Palais. Sa main hésita sur le registre ; il résista à la folle impulsion qui avait failli le pousser à écrire *Béran Panasper* et s'inscrivit sous le nom d'Ercole Paraio.

La gaieté semblait régner dans la capitale. Etait-ce son imagination qui lui faisait détecter, sous cette gaieté apparente, des traces de colère, d'hésitation, d'hystérie ? Peut-être pas. Les Paonais vivaient dans le présent, comme les y forçaient la syntaxe de leur langue et le rythme immuable de leur jour.

Dans un moment de curiosité cynique, il alla consulter les archives de la Bibliothèque municipale. La dernière mention qu'il y trouva de son propre nom remontait à neuf années : — Cette nuit-là, des assassins à la solde de l'étranger empoisonnèrent notre jeune Médallion bien-aimé. Ainsi s'achève, dans la tragédie, la dynastie des Panaspers. Une autre prend naissance avec l'avènement du Panarque Bustamonte, sous des auspices qui présagent une vie longue et heureuse.

Indécis, peu convaincu, manquant de la puissance nécessaire pour imposer ses décisions s'il avait pu en former quelques-unes, Béran retourna à l'école de la baie de Zélambre.

Une autre année s'écoula. Les Technicants grandirent en âge, en nombre et en compétence. Quatre petites usines furent créées, qui produisaient des outils, des feuilles de plastique, des instruments de mesure ; une douzaine d'autres étaient prévues, et l'on pouvait croire que le rêve de Bustamonte allait se réaliser.

Au bout de deux ans, Béran fut transféré à Pon, sur le continent de Nonamand, l'île sauvage de l'hémisphère sud. Cette nouvelle le surprit désagréablement car il s'était endormi dans une paisible routine. Il s'étonna plus encore de découvrir qu'il préférerait cette routine au changement. A l'âge de vingt et un ans, était-il déjà émasculé ? Où étaient ses espoirs, ses résolutions ? Les avait-il si facilement oubliés ? Furieux contre lui-même et contre Bustamonte, il prit place sur le transport sud-est qui traversait les fertiles collines du Vidamand Sud, le Plarth, les vergers et les vignes de la Péninsule Qurail, qui survolait le long canal tortueux connu sous le nom de Serpent, l'île verdoyante de Fraevarth avec ses innombrables villages blancs, et le Grand Océan du sud. Les Falaises de Nonamand surgirent brusquement de l'eau, puis disparurent ; ils s'enfonçaient dans le cœur stérile du continent. Béran ne connaissait pas encore Nonamand, et les marais balayés par le vent, semés de cailloux, d'ajoncs noirs, de cyprès déformés, lui parurent différer beaucoup des paysages paonais.

Devant lui s'élevaient les monts Sgolaph, les plus élevés de la planète. Et, soudain, ils débouchèrent dans un pays de rochers basaltiques escarpés, de glaciers, de vallées stériles, de torrents écumants. Le transport contourna l'arête brisée du mont Droghead, alla se poser sur un plateau dénudé. Béran était arrivé à Pon.

Par son esprit, sinon par son aspect, la colonie lui rappelait l'Institut de Breakness. Un certain nombre de bâtiments, jetés au hasard sur le terrain, en entouraient d'autres, plus massifs et tapis les uns contre les autres. Ils abritaient (Béran devait l'apprendre par la suite) des salles de classe, des laboratoires, une bibliothèque, des dortoirs, des réfectoires et un service administratif.

Dès son arrivée, Béran conçut une profonde antipathie pour cette colonie. Le cogitant, la langue parlée par les étudiants paonais, n'était autre que celle de Breakness, dépouillée de plusieurs impératifs quasi conditionnels et plus riche en pronoms. L'atmosphère était typique de Breakness, jusqu'aux costumes arborés par les « dominies », de jeunes dons de haut rang. La campagne, si elle était loin d'être aussi sauvage que celle de Breakness, n'offrait que peu de charmes. Plusieurs fois, Béran faillit demander un transfert, mais il se raidit. Il ne souhaitait pas attirer l'attention sur sa personne, ce qui eût risqué de dévoiler sa véritable identité.

Comme dans les écoles de Zélambre, les instructeurs étaient presque tous originaires de Breakness et, là encore, il s'agissait en majorité de fils de Palafox. Une douzaine de ministres paonais résidaient là pour représenter Bustamonte, et le rôle de Béran était de maintenir la coopération entre les deux groupes.

Du reste, il avait un autre sujet de gêne : la présence à Pon de Finisterle, le don de Breakness qui connaissait sa véritable identité. Trois fois Béran s'arrangea, le cœur battant, pour s'esquiver sans que Finisterle l'aperçût mais, la quatrième fois, il ne put l'éviter. Finisterle lui adressa le plus réservé des saluts et passa, sans paraître sentir le regard de Béran qui restait fixé sur son dos.

Au cours des semaines qui suivirent, Béran eut plusieurs fois l'occasion de rencontrer Finisterle, et un jour il lui adressa la parole. Les réponses du jeune don furent on ne peut plus vagues.

Béran devina que Finisterle aurait souhaité poursuivre ses études à l'Institut, mais qu'il restait à Pon pour trois raisons : d'abord, c'était le désir de son père, le seigneur Palafox. Ensuite, donner naissance à des fils lui serait plus facile à Pao qu'à Breakness. Enfin, et là ses silences furent plus révélateurs que ses paroles, il semblait considérer Pao comme un monde en plein essor, doté de nombreuses possibilités, un monde où une personne suffisamment habile et décidée pouvait acquérir un pouvoir et un prestige incomparables.

Et Palafox ? se demandait Béran.

Et Palafox, en effet ? semblait dire Finisterle, les yeux fixés sur le plateau, comme il prononçait cette phrase qui paraissait avoir peu de rapport avec le sujet : — Il est étrange de penser que ces récifs eux-mêmes, ces gigantesques monts Sgolaph, seront un jour réduits par l'érosion à l'état de pénéplaine. Et que, par ailleurs, de la colline la plus innocente, surgira peut-être un volcan.

— Ces concepts ne souffraient pas de discussion, répliqua Béran.

Finisterle cita une autre loi naturelle apparemment paradoxale : — Plus l'esprit d'un dominie est large, vigoureux, plus frénétiques et plus violentes sont ses impulsions quand il succombe à la sclérose et quand son propriétaire se mue en Emeritus.

Quelques mois plus tard, Béran, sortant des bâtiments administratifs, se trouva face à face avec Palafox.

Béran se figea ; Palafox, sidéré, le regarda du haut de sa grande taille.

Rappelant à lui tout son sang-froid, Béran salua à la mode paonaise. Palafox lui rendit son salut avec ironie. — Je suis surpris de vous voir là, dit-il. Je vous croyais en train de poursuivre avec diligence vos études à l'Institut.

— J'ai beaucoup appris, répliqua Béran, et puis j'ai découvert que je n'avais plus le cœur aux études.

Une lueur s'alluma dans les yeux de Palafox.

— Ce n'est pas par le cœur que l'on s'instruit, mais par une systématisation des processus mentaux.

— Ma personnalité ne se résout pas à un simple processus mental, rétorqua Béran. Je suis un homme et je dois tenir compte de ma nature tout entière.

Palafox réfléchissait ; son regard, d'abord posé sur Béran, suivit la chaîne des monts Sgolaph. Quand il parla, sa voix était aimable. — Il n'y a pas de certitudes absolues dans l'univers.

L'homme doit s'efforcer de mettre l'ordre par la force dans une foule indisciplinée de probabilités, et un succès uniforme est impossible.

Béran comprit le sous-entendu caché derrière les observations d'ordre général qu'énonçait Palafox. — Comme vous m'aviez assuré que vous ne vous intéressiez plus à mon avenir, j'ai ressenti la nécessité de le prendre moi-même en main. Voilà pourquoi je suis venu à Pao.

Palafox hocha la tête. — Il est certain que les événements ont échappé à mon contrôle. Néanmoins ce genre de circonstance se révèle souvent plus avantageux que le plan le plus soigneusement mûri.

— Je vous en prie, continuez à ne pas tenir compte de moi dans vos calculs, dit Béran d'une voix qu'il réussit à maîtriser. J'apprécie beaucoup le sentiment de liberté.

Palafox éclata de rire avec une cordialité fort étrangère à sa nature. — Bien dit ! Et que pensez-vous de la nouvelle Pao ?

— Je suis déconcerté. Je n'ai pas encore réussi à me forger une opinion.

— C'est compréhensible. Il faudrait pour cela concilier un million de faits situés à mille niveaux différents. La confusion est inévitable, à moins que l'on ne soit poussé par une ambition fondamentale, comme dans mon cas ou dans celui du Panarque Bustamonte. Pour nous, ces faits peuvent être classés en deux catégories : favorables et défavorables.

Il recula d'un pas, inspecta Béran des pieds à la tête. — Naturellement, vous gagnez votre vie en qualité de linguiste.

A contrecœur, Béran répondit par l'affirmative.

— Ne fût-ce que pour cette raison-là, vous

devriez éprouver une certaine gratitude à mon égard.

— Ce serait naïf de ma part et ne ferait que prêter à confusion.

— Peut-être, en effet. Et maintenant, si vous voulez m'excuser, j'ai rendez-vous dans quelques minutes avec le directeur.

— Un instant, fit Béran. Je suis intrigué. Vous ne semblez guère gêné par ma présence à Pao. Avez-vous l'intention d'en informer Bustamonte ?

Cette question par trop directe déconcerta Palafox ; jamais un dominie de Breakness ne se serait abaissé à la poser. — Je n'ai pas l'intention d'intervenir dans vos affaires. Il hésita un instant, puis reprit d'une voix autre, plus assurée. — Si vous voulez le savoir, la situation a changé. Le Panarque Bustamonte devient de plus en plus têtu avec les années, et votre présence peut m'être utile.

Furieux, Béran voulut parler, mais, devant l'expression légèrement amusée de Palafox, il se retint.

— Je dois vous quitter, dit Palafox. Les événements se succèdent à un rythme de plus en plus rapide. Au cours de cette année et de la suivante, un certain nombre de problèmes seront résolus.

Trois semaines après sa rencontre avec Palafox, Béran fut transféré à Deirombona, sur le continent de Shraimand, où une multitude d'enfants, héritiers de l'ancestrale placidité paonaise, avaient été immergés dans un plasma de combativité. Beaucoup étaient arrivés au seuil de l'âge adulte.

Deirombona, ville de corail aux toits bas au milieu d'une forêt de phaltorhyncus, était le lieu habité le plus ancien de Pao. Pour une raison encore mystérieuse, on avait évacué ses deux millions d'habitants. Le port de Deirombona demeurait en activité ; quelques bâtiments administratifs avaient été alloués aux Vaillants ; les autres, réduits à l'état de squelettes, blanchissaient sous les grands arbres. Dans le Secteur colonial, quelques vagabonds furtifs rôdaient, se hasardant, sous couvert de la nuit, à saccager et piller les appartements déserts. Ils risquaient la mort, mais, comme les Autorités pouvaient difficilement s'amuser à passer au peigne fin le labyrinthe des rues, des allées, des caves, des maisons, des boutiques, des entrepôts, des appartements et des bâtiments publics, ils se jugeaient en sécurité.

Dix cantonnements de Vaillants avaient été établis le long de la côte ; ils abritaient chacun une légion de Myrmidons, titre que s'étaient attribué les jeunes guerriers.

Béran, nommé à la Légion de Deirombona, disposait d'une quantité de logements. Il choisit une maisonnette aérée sur le vieux Lido, et put vivre confortablement.

Sous plusieurs aspects, les Vaillants formaient la plus intéressante des nouvelles sociétés paonaises. Le changement y frappait plus qu'ailleurs. Comme les Technicants de la baie de Zélambre et les Cogitants de Pon, les Vaillants étaient une race de très jeunes gens dont le plus vieux n'avait pas même l'âge de Béran. Ils offraient un étrange spectacle quand ils défilaient sous le soleil paonais, en balançant les bras, les yeux fixés droit devant eux, perdus dans une exaltation mystique. Ils portaient des vêtements complexes, colorés, mais chacun arborait, sur le dos l'insigne de la légion, sur la poitrine son symbole personnel.

Pendant la journée, jeunes gens et jeunes femmes s'entraînaient séparément au maniement des nouvelles armes, mais, le soir, ils prenaient leurs repas et dormaient ensemble, sans distinction de sexe. Ils ne réagissaient émotionnellement qu'aux questions d'organisation, aux rivalités de rang et d'honneur.

Le soir de son arrivée à Deirombona, Béran eut l'occasion d'assister à une cérémonie militaire. Au milieu de l'esplanade sur laquelle défilaient les jeunes gens, un grand feu brûlait sur une plate-forme. Derrière s'élevait la stèle de Deirombona, prisme de métal noir recouvert d'emblèmes. Ce soir-là, les jeunes Myrmidons, rangés en file de chaque côté du monument, portaient tous le même uniforme : un survêtement marron dépourvu d'ornements. Ils brandissaient une lance de cérémonie, dont la lame était remplacée par une flamme livide, oscillant sous le vent.

Une fanfare retentit. Une jeune fille vêtue de blanc s'avança, portant un insigne de cuivre, d'étain et d'argent. Devant ses compagnons agenouillés, tête basse, elle fit trois fois le tour du feu avec l'insigne et le fixa sur la stèle.

Le feu rugissait. Les Myrmidons se levèrent d'un bond, lancèrent leurs lances au-dessus de leur tête. Puis ils s'alignèrent et quittèrent l'esplanade au pas cadencé.

Le lendemain, le supérieur immédiat de Béran, le substratège Gian Firanu, un soldat de fortune originaire d'un monde éloigné, lui expliqua la scène : — Vous avez assisté à des funérailles, aux funérailles d'un héros. La semaine dernière, Deirombona disputait contre Tarai, le camp le plus proche, des exercices militaires. Un sous-marin réussit à pénétrer notre filet et à pointer ses canons vers notre base. Tous les guerriers de Deirombona rivalisaient d'ardeur, mais Lemauden était supérieur à tous. Il plongea à cinq cents pieds de profondeur avec une torche et coupa le ballast. Le sous-marin remonta en surface et fut capturé. Mais Lemauden se noya... peut-être par accident.

— Comment peut-être ? Qu'aurait-il pu se passer d'autre ? Sûrement les Tarai...

— Non, pas les Tarai. Mais il s'agit peut-être d'un acte délibéré. Ces jeunes gens n'ont qu'un désir : placer leur emblème sur la stèle. Ils feraient n'importe quoi pour créer une légende.

Béran alla à la fenêtre. Sur l'esplanade déambulaient des groupes de jeunes braves. Etait-ce là Pao ? Ou quelque monde fantastique, séparé de Pao par des centaines d'années-lumière ?

Gian Firanu parlait toujours ; au début, ses paroles ne pénétrèrent pas dans la conscience de Béran. — Un bruit court en ce moment. Peut-être en avez-vous déjà entendu parler. On prétend que Bustamonte n'est pas le véritable Panarque, qu'il est simplement Ayudor-Senior. On dit que Béran Panasper est vivant, qu'il croît en force et en sagesse comme un héros mythique. Et quand l'heure sonnera — ainsi le veut la légende — il apparaîtra pour jeter Bustamonte à la mer.

Béran, soupçonneux, contempla un instant son interlocuteur, puis éclata de rire. — Je n'avais pas connaissance de cette rumeur. Mais elle est peut-être vraie, qui sait ?

— Elle ne plaira pas à Bustamonte.

De nouveau, Béran pouffa, cette fois avec une gaieté sincère. — Il doit savoir mieux qu'un autre ce qu'il y a de vrai dans cette histoire. Je me demande bien qui l'a répandue.

Firanu haussa les épaules. — Tout le monde et personne, comme d'habitude. Les rumeurs surgissent toujours des bavardages et des malentendus.

— Non, pas toujours. Et si c'était la vérité ?

— Alors, les ennuis commenceraient. Et je retournerais sur la Terre.

Plus tard dans la journée, Béran eut l'occasion d'entendre lui-même cette histoire, avec des embellissements. Le Médallion soi-disant assassiné habitait une île lointaine ; il y entraînait une armée de guerriers vêtus de métal, insensibles au feu, à l'acier, à l'énergie meurtrière ; il s'était donné pour mission de venger la mort de son père, et Bustamonte tremblait.

Les rumeurs se turent, puis, trois mois plus tard, éclatèrent à nouveau. On disait à présent que la police secrète de Bustamonte passait la planète au peigne fin, que des milliers de jeunes gens avaient été convoqués à Eiljanre pour examen, puis exécutés, afin que le malaise de Bustamonte ne fût pas connu.

Pendant longtemps, Béran s'était senti en sécurité sous son identité d'Ercole Paraio ; bientôt, il commença de craindre pour sa vie. Il devint distrait, son travail en souffrit. Ses associés l'observaient avec curiosité, et Gian Firanu finit par lui demander ce qui le troublait.

Béran marmonna vaguement quelque chose au sujet d'une femme d'Eiljanre qui était enceinte de lui. Sans autre préambule, Firanu lui conseilla, soit d'oublier cette affaire triviale, soit de prendre un congé et de ne revenir qu'au moment où il se sentirait capable de se concentrer sur son travail. Béran sauta sur l'occasion et fit sienne la seconde solution.

Il rentra chez lui et passa plusieurs heures assis

sur la véranda inondée de soleil, espérant parvenir à quelque décision sensée. Peut-être les soupçons ne se porteraient-ils pas sur les linguistes avant tout autre groupe, mais cela ne tarderait guère.

Béran pouvait essayer de s'immerger complètement dans son rôle, de rendre plus vraisemblable l'identité d'Ercole Paraio, mais ce n'était pas chose facile, et la police secrète aurait vite fait de déjouer ses stratagèmes.

Il pouvait encore rechercher l'aide de Palafox. Un instant, il joua avec cette idée, avant de l'abandonner avec dégoût. Il envisagea aussi de quitter la planète, mais où irait-il — à supposer qu'il pût se procurer un billet.

Sa nervosité augmentait d'heure en heure. Il y avait quelque chose d'urgent dans l'air. Il se leva, regarda autour de lui, dans les rues désertes, vers la mer. Il descendit sur la plage, se dirigea, en suivant la côte, vers l'unique auberge qui fonctionnait encore à Deirombona. Dans la taverne publique il commanda du vin glacé, emporta son verre sur la terrasse au toit de rotin, et le but plus rapidement qu'il n'en avait l'habitude.

L'air était lourd, l'horizon proche. En haut de la rue, tout près du bâtiment où il travaillait, il vit des taches de couleur qui se mouvaient : c'était un groupe d'hommes vêtus de brun et de pourpre.

Béran se souleva de son siège, les yeux fixes. Il se laissa lentement retomber, le corps amolli. Pensivement, il sirota son vin. Une ombre traversa son champ de vision. Il leva la tête. Une haute silhouette se tenait en face de lui : Palafox.

Le dominie s'inclina avec désinvolture et s'assit. — Il semble, dit-il, que l'histoire contemporaine de la planète Pao doive connaître encore quelques bouleversements.

Béran marmonna quelque chose d'inintelligible. Palafox hocha gravement la tête, comme si le jeune homme avait émis une perle de sagesse. Il lui montra du doigt les trois hommes en brun et pourpre qui venaient d'entrer dans l'auberge et qui conféraient avec le majordome.

— Le style des vêtements est un aspect bien utile de la civilisation paonaise. On peut déterminer d'un seul coup d'œil la profession d'une personne. Le brun et le pourpre ne sont-ils pas les couleurs de la police ?

— Si, dit Béran. Soudain, son anxiété disparut. Le pire s'était produit, la tension était brisée. Il ne pouvait plus redouter ce qui était déjà arrivé. Il déclara d'une voix pensive : — Je suppose qu'ils me cherchent.

— Dans ce cas, fit Palafox, il serait sage de partir.

— De partir ? Pour où ?

— Pour le lieu où je vais vous mener.

— Non, dit Béran, je ne veux plus être votre instrument.

Palafox haussa les sourcils. — Que risquez-vous d'y perdre ? Je vous offre de vous sauver la vie.

— Ce n'est point par intérêt pour moi.

— Bien sûr que non. Palafox sourit en montrant les dents. — Il faudrait être un simple d'esprit pour se laisser guider par des sentiments de ce genre. Ce sont mes intérêts que je vise en servant les vôtres. Et maintenant, après cette mise au point, je vous propose de quitter immédiatement l'auberge en ma compagnie. Je n'ai pas envie d'apparaître ouvertement dans cette affaire.

— Non.

Palafox eut un mouvement de colère. — Que désirez-vous ?

— Je veux devenir Panarque.

— Mais bien sûr ! Pourquoi donc croyez-vous que je suis ici ? Allons, dépêchons-nous, ou vous serez bientôt, non Panarque mais cadavre.

XIV

Les deux hommes prirent la direction du sud ; ils survolèrent la campagne paonaise, riche d'anciennes habitations, puis les océans, mouchetés par les voiles des bateaux de pêche. Les lieues succédaient aux lieues, et ils se taisaient, perdus tous deux dans leurs propres pensées.

Enfin, Béran rompit le silence. — Quel est le processus de mon accession au trône ?

— Tout a commencé il y a un mois, répondit brièvement Palafox.

— Les rumeurs ?

— Il est nécessaire que le peuple de Pao prenne conscience de votre existence.

— Et pourquoi suis-je préférable à Bustamonte ?

Palafox eut un petit rire sec. — Dans l'ensemble, certains projets de Bustamonte servent mal mes intérêts.

— Et vous espérez me trouver plus maniable ?

— Vous pourriez difficilement être plus obstiné que lui.

— En quoi Bustamonte s'est-il montré obstiné ? insista Béran. A-t-il refusé de s'incliner devant tous vos désirs ?

Palafox rit doucement. — Ah, jeune brigand !

J'ai l'impression que vous n'hésiteriez pas à me dépouiller de toutes mes prérogatives.

Béran ne répondit pas ; il songeait que, s'il devenait jamais panarque, ce serait, en effet, l'un de ses premiers soucis.

Palafox reprit sur un ton plus conciliant :

— Ces affaires concernent l'avenir. Il est inutile de nous y arrêter. Pour l'instant, nous sommes alliés. Afin de marquer ce fait, j'ai ordonné qu'une modification soit pratiquée sur votre corps, dès notre arrivée à Pon.

Béran fut pris par surprise. — Une modification ? Il hésita un instant, le cœur serré par un brusque malaise. — De quelle nature ?

— Quelle modification préféreriez-vous ? demanda aimablement Palafox.

Béran jeta un coup d'œil rapide au dur profil. Palafox avait l'air tout à fait sérieux. — L'usage total de mon cerveau.

— Ah ! fit Palafox. C'est la plus délicate et la plus précise de toutes. Elle exigerait un an de travaux sur Breakness même. A Pon, c'est impossible. Choisissez-en une autre.

— Ma vie va certainement être très hasardeuse, dit Béran. Le pouvoir de projeter de l'énergie avec la main nue me serait sans doute précieux.

— En effet, dit Palafox, qui réfléchissait. D'autre part, quel meilleur moyen de semer la confusion chez vos ennemis que de vous élever dans les airs et de vous éloigner en flottant ? Du reste, chez un novice, la capacité de détruire aisément met en danger les amis autant que les ennemis. Nous ferions mieux, pour le début, de fixer notre choix sur la lévitation.

Les falaises battues par les flots de Nonamand surgirent de l'Océan ; les deux hommes survolèrent un pauvre village de pêcheurs, dépassèrent les premiers remparts de Sgolaph, traversèrent les marais à basse altitude en direction de l'épine dorsale du continent. Le mont Droghead haussait vers eux ses rocs cataclysmiques ; ils contournèrent ses flancs glacés, amorcèrent leur virage pour se présenter perpendiculairement au plateau de Pon. Le véhicule alla s'arrêter près d'un long bâtiment bas aux murs de roche coulée et au toit de verre. Des portes s'ouvrirent ; Palafox entra. Ils se posèrent sur un sol de tuile blanche. Palafox ouvrit le sabord et fit signe à Béran de sortir.

Béran hésita, inspectant d'un œil indécis les quatre hommes qui s'avançaient. Ils différaient par la taille, le poids, la couleur de la peau ou des cheveux et pourtant ils se ressemblaient tous.

— Mes fils, dit Palafox. Partout sur Pao vous trouverez mes fils... Mais le temps nous manque, il faut procéder à votre modification.

Béran descendit et suivit les fils de Palafox.

Ils étendirent le corps anesthésié sur une couchette, ils injectèrent dans les tissus divers tonifiants et régulateurs. Puis, reculant, ils pressèrent un bouton. Il y eut un sifflement aigu, un éclair de lumière violette, une distorsion de l'espace, comme si l'on eût observé la scène à travers des panneaux mobiles de verre défectueux.

Le sifflement s'éteignit ; les silhouettes s'approchèrent du corps raidi, mort, rigide. La chair était dure, mais élastique ; les fluides, congelés ; les articulations, fermes.

Les hommes travaillaient rapidement, avec une extraordinaire dextérité. Le tranchant des scalpels dont ils se servaient n'avait que six molécules d'épaisseur. Ils n'exerçaient aucune pression en pénétrant dans la chair et divisaient les tissus en lamelles lisses comme du verre. On ouvrit le corps sur toute la moitié du dos, en fendant les fesses, les cuisses, les mollets. Deux coups d'un autre type de scalpel au chantonnement bizarre suffirent pour détacher la plante des pieds. La chair était rigide comme du caoutchouc ; il n'y avait pas trace de sang, de fluide, pas un tressaillement de muscle.

On découpa une section de poumon pour y introduire un générateur d'énergie de forme ovoïde. On draina dans la chair des fils conducteurs reliés à des transformateurs flexibles dans les fesses, à des inducteurs dans les mollets. On intégra le réseau antigravité à la chair des pieds, et on le brancha sur les inducteurs des mollets au moyen de tubes souples.

Le circuit était complet. On vérifia son fonctionnement ; on installa un interrupteur sous la peau de la cuisse gauche. Puis commença la besogne ingrate qui consistait à restaurer le corps.

On trempa les plantes des pieds dans un liquide stimulant spécial, on les remit à leur place avec une précision suffisante pour que coïncident exactement cellule avec cellule, artère avec artère, fibrille nerveuse avec fibrille nerveuse. On pressa l'une contre l'autre les deux parties du corps, et la chair se referma sur le générateur d'énergie.

Dix-huit heures s'écoulèrent. Les quatre hommes partirent se reposer et le corps sans vie resta seul dans l'obscurité.

Le lendemain, les quatre hommes revinrent. De nouveau, la grande machine siffla, la lumière violette zébra la pièce. Le champ qui avait immobilisé les atomes du corps de Béran, réduisant en théorie sa température au zéro absolu, se détendit, et les molécules se murent de nouveau.

Le corps recommença de vivre.

Une semaine passa. Béran, toujours dans le coma, guérissait lentement. Quand il reprit conscience, Palafox était à son chevet.

— Levez-vous, dit-il. Debout.

Un instant, Béran resta immobile, averti par quelque mécanisme intérieur qu'un temps assez long s'était écoulé.

Palafox semblait impatient et pressé. Ses yeux étincelaient ; un geste de sa main maigre et robuste commanda à Béran de se hâter.

— Allons ! Debout !

Lentement, Béran se leva.

— Marchez !

Béran traversa la pièce. Il avait les jambes raides ; le générateur d'énergie pesait sur les muscles de son diaphragme et sur ses côtes.

Palafox observait attentivement le mouvement de ses pieds. — Parfait, s'écria-t-il. Je ne vois nul signe de claudication, nul défaut de coordination. Suivez-moi.

Il conduisit Béran dans une pièce haute de plafond, lui passa un harnais sur les épaules, glissa une corde dans un anneau fixé sur le dos.

— Tâtez là. Il dirigea la main gauche de Béran vers un certain endroit de sa cuisse. — Tapotez la chair.

Béran sentit sous la peau une zone compacte. Il la tapota. Le sol s'évanouit sous ses pieds ; son estomac se contracta violemment ; sa tête lui sembla prendre la consistance d'un ballon de baudruche.

— C'est la charge numéro un, dit Palafox. Une répulsion, légèrement inférieure à 1G, ajustée de façon à annuler les effets centrifuges exercés par la rotation de la planète.

Il attacha solidement l'autre extrémité de la corde à un taquet. — Tapotez encore une fois.

Béran toucha la plaque et, aussitôt, il eut l'impression que la pièce toute entière s'était retournée d'un seul coup, que Palafox se tenait au-dessus de lui, collé au plafond, que lui-même tombait la tête la première vers le sol, à dix mètres en dessous. Il hoqueta, agita désespérément les bras ; la corde le retint, l'empêcha de tomber. Il supplia du regard Palafox qui le contemplait, un léger sourire aux lèvres.

— Pour augmenter le champ, cria Palafox, appuyez sur le bas de la plaque. Pour le diminuer, appuyer sur le haut. Si vous tapez deux fois, le champ cesse d'agir.

Béran réussit à reprendre pied sur la terre ferme. La pièce se redressa, mais continua d'osciller et de danser vertigineusement.

— Il vous faudra plusieurs jours pour vous accoutumer à l'effet de lévitation, déclara brièvement Palafox. Comme nous n'avons pas beaucoup de temps, je vous suggère de vous exercer avec diligence. Il se dirigea vers la porte.

Béran, intrigué, le regarda s'éloigner, les sourcils froncés. — Et pourquoi donc avons-nous si peu de temps ? s'enquit-il, à l'adresse des épaules musclées.

Palafox se retourna. — La date, dit-il, est le quatrième jour de la troisième semaine du huitième mois. Je projette de vous faire monter sur le trône de Pao pour la fête de Kanetsides.

— En quel honneur ? demanda Béran.

— Pourquoi exigez-vous toujours que je vous révèle mes plans ?

— A la fois par curiosité et pour pouvoir régler

ma propre conduite. Vous voulez que je devienne Panarque. Vous souhaitez travailler avec moi. Les yeux de Palafox se mirent à briller. — Je ferais peut-être mieux de dire que vous espérez, à travers moi, servir vos propres intérêts. Je suis donc dans l'obligation de me demander ce que sont ces intérêts.

Palafox le contempla un instant, puis répliqua d'une voix calme, sans chaleur. — Vos pensées se meuvent avec l'agilité et la précision de ces pistes que les vers tracent dans la boue. Il est bien évident que je cherche à vous utiliser selon mes propres intérêts. De votre côté, vous projetez, ou plutôt vous espérez, m'utiliser à vos fins personnelles. En ce qui vous concerne, le processus est tout près de s'accomplir. Je m'emploie, avec le plus grand zèle, à vous rendre le trône qui vous est dû de par votre naissance et, si je réussis, vous serez Panarque de Pao. En exigeant de connaître la nature de mes intentions, vous révélez un mode de pensée superficiel, captieux, inexpérimenté, couard, indécis et impudent.

Béran, furieux, protesta en bredouillant, mais Palafox l'interrompit d'un geste. — Evidemment, vous acceptez mon aide... pourquoi ne le feriez-vous pas ? Faites tout ce qui est en votre pouvoir pour servir vos intérêts personnels, c'est votre droit. Mais, après m'avoir pris pour complice, vous aurez le choix entre deux solutions : me servir ou me combattre. M'aider à remplir mon but ou tâcher de m'en empêcher. Voilà deux partis positifs. Mais croire que je continuerai de vous servir par pure abnégation est une attitude à la fois négative et absurde.

— Je ne puis considérer la misère du peuple comme absurde, lança Béran. J'ai l'intention de...

Palafox leva la main. — Il n'y a rien d'autre à

dire. C'est à vous de deviner quels sont mes plans. Soumettez-vous, rebellez-vous, c'est votre affaire. Je m'en moque car vous êtes bien incapable de me gêner dans mes desseins.

Tous les jours, Béran s'exerça et il finit par s'habituer à la sensation de tomber la tête la première vers le ciel.

Il apprit à se diriger, en inclinant le haut de son corps dans la direction qu'il désirait prendre ; il apprit aussi à descendre, si vite que l'air chantait à ses oreilles, puis à freiner juste à temps pour atterrir sans dommage.

Le onzième jour, un enfant de huit ans vêtu d'une élégante cape grise et dont le visage trahissait les origines, invita Béran à se rendre dans les appartements de Palafox.

En traversant l'esplanade de ciment, le jeune homme arma son esprit de courage et imposa silence à ses émotions. Il était résolu, prêt à tout.

Palafox, assis devant son bureau, s'amusait à disposer l'un à côté de l'autre des trapézoïdes polis de roc cristallin. Il désigna une chaise à Béran d'un geste affable.

Béran s'assit avec circonspection.

— Demain, dit Palafox, commence la seconde phase du programme. Le peuple a été préparé ; chacun s'attend à un grand événement. Nous allons frapper un grand coup, affirmer comme il convient l'existence du Panarque traditionnel. Et alors — Palafox se leva — et alors, que va-t-il se passer ? Bustamonte s'inclinera devant la situation, ou il résistera. Il faut que nous soyons prêts pour chaque aspect de cette alternative.

Béran ne se laissa pas attendrir par cette cordialité imprévue. — Je serais mieux en mesure de comprendre vos plans si nous en avions discuté à l'avance.

Palafox sourit avec bonne humeur. — Impossible, estimable Panarque. L'état-major de Pon a préparé une douzaine de plans plus ou moins complexes, adaptables à n'importe quelle situation. Les événements nous donnent l'occasion d'entreprendre l'un d'entre eux.

— Et quels sont ces événements ?

— Demain, trois millions de personnes seront assemblées pour chanter les hymnes du Pamalisthen. Vous allez apparaître, vous vous ferez connaître. En même temps, la télévision transmettra votre visage et vos paroles sur toute l'étendue de la planète.

Béran se mordit les lèvres, furieux à la fois de sa propre gêne et de l'amabilité sans faille dont faisait preuve Palafox. — Quel est le programme ?

— Il est extrêmement simple. Les hymnes commencent une heure après le lever du soleil et se poursuivent jusqu'à midi. A ce moment-là, il y a une pause. Des rumeurs courront parmi la foule et vous serez attendu. Vous apparaîtrez revêtu du Noir Absolu. Vous prendrez la parole. Palafox tendit à Béran une feuille de papier. — Ces quelques phrases suffiront.

Béran parcourut dubitativement le texte.

— J'espère que tout se passera suivant vos prévisions. Je ne veux ni violence ni effusion de sang.

Palafox haussa les épaules. — Il est impossible de prévoir l'avenir. Si tout va bien, Bustamonte sera seul à en souffrir.

— Et si tout va mal ?

Palafox sourit. — Le fond de l'Océan est le lieu de rendez-vous pour ceux qui ne savent pas organiser leurs entreprises.

XV

Sur l'autre rive du golfe Hyaline, en face d'Eiljanre, s'étendait une région qui revêtait pour les Paonais une séduction particulière. Aux tout premiers temps de Pao, lorsque se produisaient des événements fantastiques ou romanesques, c'était toujours à Mathiole qu'ils avaient lieu.

Le Pamalisthen, au sud de Mathiole, était une plaine verdoyante parsemée de fermes et de vergers. Sept cités s'y élevaient, qui formaient les sommets d'un grand heptagone ; et c'était au centre même, sur le champ des Festivals, que l'on se réunissait pour scander les hymnes. De toutes les réunions, de toutes les assemblées et les fêtes paonaises, c'étaient les hymnes du Pamalisthen qui jouissaient du plus grand prestige.

Ce huitième jour de la huitième semaine du huitième mois, le champ des Festivals se remplit bien avant l'aube. De petits feux de bois s'allumèrent par milliers ; un immense chuchotement s'éleva sur la plaine.

Avec l'aube, la foule arriva, plus pressée : c'étaient des familles gravement gaies, à la mode paonaise. Les petits enfants portaient des tuniques blanches immaculées, les adolescents l'uniforme de leur école avec les emblèmes variés sur l'épaule, les adultes des vêtements adaptés à la place qu'ils occupaient dans la société.

Le soleil se leva, donnant naissance aux teintes bleutées, blanches et jaunes d'une journée paonaise. La foule se pressait sur le champ : c'étaient des millions d'individus, debout, épaule contre épaule, tantôt parlant à voix basse, tantôt silencieux, mais s'identifiant aux autres, ajoutant leur âme à l'amalgame, en retirant un sentiment de force merveilleuse.

Les premiers murmures s'élevèrent : de longs soupirs, séparés par des intervalles de silence. Les soupirs devinrent plus vigoureux, les silences plus courts, et l'incantation enfin monta vers le ciel, progression à demi cohérente, dépourvue de mélodie ou de tonalité, chœur à trois millions de voix, fluctuant sans cesse, mais toujours d'une texture émotionnelle définie. L'humeur changeait selon un rythme spontané mais ordonné, se faisait abstraite et solennelle, avait avec la joie ou la peine les mêmes rapports qu'une vallée pleine de brume avec une fontaine de diamants.

Les heures s'écoulèrent, l'incantation crût en vigueur, se fit plus insistante, plus pressante. Alors que le soleil se trouvait aux deux tiers de sa hauteur, une longue nef-salon de couleur noire apparut dans la direction d'Eiljanre. Elle se posa doucement sur un petit monticule, à l'extrémité opposée du champ. Ceux qui se tenaient là furent rejetés dans la plaine et manquèrent d'être écrasés par la coque. Quelques curieux restèrent à rôder autour de la nef, l'œil collé sur les hublots scintillants. Un escadron de neutraloïdes en magenta et bleu débarqua et les repoussa avec une efficacité silencieuse.

Quatre serviteurs déroulèrent un tapis marron

et noir, puis apportèrent un fauteuil de bois verni également tapissé de noir.

Le ton de l'incantation connut une variation subtile, perceptible seulement pour une oreille paonaise.

Bustamonte, qui sortait de sa nef, était paonais. Il la perçut et la comprit.

Le ton changea encore une fois, comme si l'arrivée de Bustamonte n'était qu'un incident sans importance. L'antipathie, l'ironie se firent plus perceptibles.

Les hymnes suivirent la progression habituelle. A midi, ils se turent. Un frisson parcourut la foule ; un soupir de satisfaction s'éleva et s'éteignit. La plaine changea de couleur, quand tous ceux qui le purent s'accroupirent sur le sol.

Bustamonte saisit les bras de son fauteuil pour se lever. La foule était dans un état particulièrement réceptif, sensibilisée, consciente. Il appuya sur le bouton de son microphone, fit un pas en avant, voulut prendre la parole.

Une grande exclamation étonnée et surprise jaillit de la plaine.

Tous les yeux étaient fixés sur le ciel, au-dessus de la tête de Bustamonte : un grand rectangle de velours noir, frappé du blason des Panasper, venait d'y apparaître. Une silhouette solitaire se tenait debout, à plusieurs mètres du sol. Elle portait de courts pantalons noirs, des bottes noires, et une cape noire désinvolte agrafée sur l'épaule. L'homme parla ; sa voix retentit d'un bout à l'autre de la plaine.

— Paonais, je suis votre Panarque. Je suis Béran, fils d'Aiello, rejeton de l'ancienne dynastie Panasper. Longtemps j'ai vécu en exil, où j'ai atteint l'âge adulte. Bustamonte a rempli son rôle d'Ayudor. Mais il a commis des fautes, et je viens prendre sa place. Qu'il me reconnaisse, à présent, qu'il s'incline devant moi et me jure allégeance ! Parle, Bustamonte !

Bustamonte avait déjà parlé. Douze neutraloïdes se précipitèrent avec leurs fusils, s'agenouillèrent, visèrent. Un faisceau de flammes blanches convergea sur la silhouette vêtue de noir. Elle se brisa, explosa ; la foule retint son souffle.

Les armes se tournèrent vers le rectangle noir, mais il semblait indestructible. Bustamonte, féroce, fit un pas en avant. — Tel est le sort de tous les imbéciles, de tous les charlatans, de tous ceux qui cherchent à violer la justice du gouvernement. Cet imposteur, comme vous venez de le constater...

La voix de Béran retentit dans le ciel. — Tu n'as brisé que mon image, Bustamonte. Incline-toi devant moi : je suis Béran, Panarque de Pao.

— Béran n'existe pas ! rugit Bustamonte. Béran est mort avec Aiello.

— Je suis Béran et je vis. Nous allons, si tu le veux, absorber tous les deux une drogue de vérité. Tous ceux qui le désireront pourront nous interroger et trancher ainsi entre nous.

Bustamonte hésita. La foule hurla. Bustamonte se retourna, lança, d'une voix tendue, un ordre à l'un de ses ministres. Il avait négligé de débrancher son microphone ; aussi ses paroles furent-elles entendues par trois millions de ses sujets. — Faites décoller les appareils de la police. Bouclez cette région. Il faut le tuer.

Les hurlements de la foule retentirent, se turent, retentirent à nouveau. D'un coup sec, Bustamonte débrancha le micro, aboya des ordres. Le ministre hésita, parut réfléchir. Bustamonte se détourna, se dirigea d'un pas saccadé vers la nef ténébreuse. Sa suite se pressa derrière lui.

La foule murmura puis, comme mue par une pensée unique, décida de quitter le champ des Festivals. Au centre, là où la concentration était la plus forte, on commença d'étouffer. Les visages pâlirent, les traits se tordirent ; de loin, on perçut comme un clignotement livide.

Le mouvement s'amorça. Enfants et parents se trouvèrent séparés les uns des autres. Des cris, des appels fusèrent, composant un son rauque et violent. La peur devint palpable ; son odeur infesta la suave senteur du champ des Festivals.

Là-haut, le rectangle noir disparut, le ciel redevint limpide. La foule se sentit exposée ; le trépignement se mua en bousculade ; la bousculade en panique.

Dans le ciel surgirent les appareils de la police. Ils fendirent l'espace comme des requins ; la panique devint folie ; les cris se fondirent en un hurlement continu. Les gens qui se trouvaient à la périphérie s'enfuirent, se jetèrent sur les routes et les chemins, se dispersèrent dans les champs. Les appareils de la police sillonnaient le ciel, indécis ; puis ils virèrent et quittèrent la scène.

Béran, effondré, semblait avoir rapetissé. Il était blême et ses yeux, horrifiés, brillaient anormalement. — Pourquoi n'avons-nous pas prévu cette éventualité ? Nous sommes aussi coupables que Bustamonte !

— Se laisser submerger par l'émotion ne sert de rien, observa Palafox.

Béran se tut. Recroquevillé sur lui-même, il fixait l'espace de ses yeux vides.

La campagne du Minamand sud disparut derrière eux. Ils survolèrent le long et sinueux Serpent, l'île Fraevarth avec ses villages blancs, le Grand Océan du Sud. Puis les marais et les récifs des Sgolath. Enfin, ils contournèrent le mont Droghead et se posèrent sur le plateau désolé.

Dans les appartements de Palafox, ils burent du thé épicé : le dominie avait pris place devant son bureau sur une chaise à dossier droit ; Béran, morose, se tenait debout près de la fenêtre.

— Il faut vous cuirasser contre ce genre d'événements, dit Palafox. D'autres encore se produiront avant que nous ayons atteint nos buts.

— A quoi nous servira d'atteindre nos buts, s'enquit amèrement Palafox, si la moitié de la population paonaise a succombé ?

— Tout le monde meurt, un jour ou l'autre. Qualitativement, un millier de morts ne sont pas plus représentatives qu'une seule. L'émotion n'augmente qu'en intensité, et non en multiplicité. Nous ne devons penser qu'au résultat final... Palafox s'interrompit, inclina la tête, écouta le haut-parleur dissimulé dans ses conduits auditifs. Il prit la parole dans une langue inconnue de Béran, écouta la réponse, répliqua brièvement. Puis il se carra sur son siège et regarda le jeune homme avec une sorte d'ironie méprisante. — Bustamonte est en train de résoudre vos problèmes pour vous. Ses troupes bloquent la ville de Pon. Les Mamarones avancent sur le plateau.

Béran, étonné, demanda : — Comment sait-il que je suis ici ?

Palafox haussa les épaules. — Sa police secrète est raisonnablement efficace, mais il réduit à néant tous les résultats qu'il obtient par sa stupidité arrogante. Sa tactique est inexcusable. Il attaque alors que, pour lui, la seule politique à suivre serait évidemment de chercher un compromis.

— Un compromis ? sur quelle base ?

— Il pourrait conclure avec moi un nouveau contrat, et me demander en échange de vous livrer au Grand Palais. Ainsi, il prolongerait son règne.

Béran fut abasourdi. — Car vous accepteriez ce marché ?

Palafox, à son tour, s'étonna. — Assurément. Pourquoi ne le ferais-je pas ?

— Mais vos engagements à mon égard... ils ne signifient rien pour vous ?

— Les engagements n'ont de valeur que tant qu'ils restent avantageux.

— Ce n'est pas toujours vrai, dit Béran d'une voix plus forte qu'à l'accoutumée. — Lorsqu'une personne manque à ses engagements, il est rare qu'on lui fasse confiance une seconde fois.

— Confiance ? Que signifie ce mot ? L'interdépendance de la ruche ; le parasitisme mutuel des faibles.

— C'est également une faiblesse, rétorqua Béran, furieux, que de spéculer sur la confiance que l'on vous accorde, que d'accepter un serment de fidélité pour ne pas remplir la part qui vous revient.

Palafox éclata de rire, vraiment amusé cette fois. — En tout cas, les concepts paonais de « confiance », de « loyauté », de « bonne foi » ne font pas partie de mon équipement mental. Nous, les dominies de Breakness, nous sommes des individus, enfermés, chacun dans sa propre citadelle. Nous n'espérons pas que les autres nous rendent, poussés par un esprit de clan ou de dépendance, des services sentimentaux, et nous n'en rendons pas non plus. Vous feriez bien de vous rappeler cela.

Béran ne répondit pas. Palafox le regarda avec curiosité. Il s'était raidi, semblait perdu dans ses pensées. En fait, un étrange phénomène venait de se produire en lui ; il avait ressenti un brusque vertige, une secousse violente comme postérieure à un voyage dans le temps et, à la manière du serpent qui mue, il était devenu un nouveau Béran.

Ce nouveau Béran se détourna lentement, inspecta Palafox avec un intérêt dépourvu de passion. Derrière les apparences, il vit un homme très vieux, qui avait à la fois les forces et les faiblesses du grand âge.

— Très bien, dit-il. Je dois donc agir avec vous sur cette même base.

— Bien entendu, fit Palafox, avec, néanmoins, une nuance d'irritation. Puis, de nouveau, son regard se troubla ; il inclina la tête, écouta un message inaudible.

Il se leva, fit signe à Béran. — Venez Bustamonte nous attaque.

Ils montèrent sur le toit, qu'abritait un dôme transparent.

— Voilà... Palafox désigna le ciel. — Voilà tout ce qu'a trouvé ce misérable Bustamonte.

Une douzaine de chasseurs Mamarones formaient des rectangles noirs sur le ciel strié de gris. A trois kilomètres de là, un transport débarquait des troupes neutraloïdes.

— Cet épisode est le bienvenu, dit Palafox. Peut-être ôtera-t-il à Bustamonte l'envie de réitérer son impertinence. Il inclina la tête, écouta le message transmis par son haut-parleur.

— Ça y est. Observez notre riposte !

Béran sentit, ou peut-être entendit, un sifflement parcouru de pulsations, un sifflement si aigu qu'il était à peine perceptible.

Les chasseurs se mirent à évoluer de façon bizarre : ils tombaient comme des masses, reprenaient de l'altitude, se heurtaient les uns aux autres. Tout à coup, ils virèrent de bord et s'enfuirent précipitamment. En même temps, une grande agitation régnait parmi les soldats. Ils brandissaient leurs armes, sautaient, se baissaient, tout cela dans le plus grand désordre. Le sifflement se tut : les Mamarones se laissèrent tomber sur le sol.

Palafox eut un mince sourire. — Je crois qu'à présent ils nous laisseront tranquilles.

— Bustamonte essaiera peut-être de nous bombarder.

— S'il est sage, il ne fera rien d'aussi spectaculaire, et j'ai l'impression que cela, au moins, il le comprendra.

— Mais alors, que va-t-il faire ?

— Oh, il va prendre les mesures futiles de tout gouvernant qui sent son règne approcher de sa fin.

En effet, les mesures prises par Bustamonte furent stupides et cruelles. La nouvelle de l'apparition de Béran se répandit sur les huit continents, malgré les efforts de l'usurpateur. Les Paonais, poussés par leur amour de la tradition d'une part, et repoussés par les innovations sociologiques d'autre part, réagirent de la façon habituelle. Le travail ralentit, s'arrêta. Le peuple cessa de coopérer avec les autorités civiles.

Bustamonte essaya de la persuasion, des promesses grandioses, des amnisties. L'indifférence de la population lui fut une réponse plus insultante qu'une suite de démonstrations violentes. Les transports, les usines, les communications s'arrêtèrent. Les domestiques personnels de Bustamonte ne se présentèrent pas à leur poste.

Un Mamarone transformé en valet de chambre

brûla le bras de Bustamonte avec une serviette chaude. Ce fut la goutte d'eau qui fit déborder le vase. La colère longtemps réprimée de l'Ayudor éclata : — Je me suis efforcé de les prendre par la douceur ! A présent, c'est au tour de la force !

Au hasard, il désigna une centaine de villages. Les Mamarones y débarquèrent et on les laissa libres de se livrer à leurs instincts.

Ces atrocités n'émurent guère la population, qui en avait l'habitude. Seul Béran, lorsqu'il l'apprit, partagea toutes les souffrances des victimes. Il reporta son ressentiment sur Palafox.

Celui-ci se contenta d'observer que tout le monde mourait un jour, que la souffrance était fugitive et que, du reste, elle résultait d'une discipline mentale défectueuse. En guise de démonstration, il plaça sa main sur la flamme d'une bougie ; la chair brûla, se couvrit de cloque ; Palafox demeura impassible.

— Mais ces gens n'ont pas votre force d'âme ! s'écria Béran. Ils ressentent la douleur.

— J'en suis désolé pour eux, dit Palafox. Je ne souhaite de mal à personne, mais jusqu'à la chute de Bustamonte — ou jusqu'à sa mort — ces événements continueront de se produire.

— Pourquoi ne vous opposez-vous pas aux activités de ces monstres ? hurla Béran.

— Vous en avez les moyens. Anéantir Bustamonte vous serait aussi facile qu'à moi.

— Je comprends, rétorqua Béran, fou de colère et de mépris. Vous voulez que je le tue. Peut-être même êtes-vous à l'origine de tout cela. Eh bien, je le tuerai avec joie ! Donnez-moi des armes, indiquez-moi l'endroit où il réside. Au moins, si je meurs, ce sera la fin de ces atrocités.

— Venez, dit Palafox, vous allez recevoir votre seconde modification.

Bustamonte était blême, hagard. Il arpentait le tapis noir de sa chambre, les bras raides, en secouant les doigts comme pour les débarrasser de quelque saleté.

La porte de verre était fermée, verrouillée. Dehors, quatre Mamarones montaient la garde.

Bustamonte frissonna. Comment tout cela finirait-il ? Il marcha jusqu'à la fenêtre, regarda dans la nuit. De tous côtés s'étalait la blancheur d'Eiljanre. A l'horizon trois points d'écarlate indiquaient l'emplacement de trois villages qui supportaient en ce moment le poids de sa vengeance.

Bustamonte gémit, se mordit la lèvre, agita spasmodiquement les doigts. Il se détourna de la fenêtre, arpenta de nouveau le tapis, sans entendre le sifflement léger qui avait accompagné la chute d'un carreau.

Il y eut une secousse, un appel d'air.

Bustamonte pivota sur ses talons, se figea sur place. A la fenêtre, se tenait un jeune homme aux yeux brûlants, vêtu de noir.

— Béran, balbutia Bustamonte, *Béran*.

Béran sauta sur le tapis, s'avança silencieusement. Bustamonte voulut lui échapper, esquiver le coup. Mais son heure était venue : il le savait, il ne put bouger.

Béran leva la main. De son doigt jaillit un rayon d'énergie bleuâtre.

L'affaire était terminée. Béran contourna le cadavre, descella les portes de verre, les ouvrit toutes grandes.

Le Mamarone jeta un coup d'œil en arrière, se retourna d'un geste vif, recula d'un bond.

— Je suis Béran Panasper, Panarque de Pao.

XVI

Pao célébra l'avènement de Béran dans un délire de joie. Excepté dans les camps des Vaillants, sur la baie de Zélambre, à Pon, les réjouissances éclataient partout et revêtaient un caractère tellement orgiaque qu'elles n'avaient plus rien de paonais.

En dépit d'une profonde répugnance, Béran s'installa dans le Grand Palais et s'entoura de toute la pompe et du cérémonial rituels qu'on attendait de lui.

Son premier acte de souverain fut de renverser toutes les institutions de Bustamonte et d'exiler le ministère entier à Vredeltope, l'île pénitentiaire du Grand Nord. Cependant, Palafox lui conseilla plus de modération. — Vous vous laissez conduire par vos émotions. Il est absurde de vouloir tout détruire, le bon avec le mauvais.

— Citez-moi quelque chose de bon, répondit Béran. Je serai peut-être moins intransigeant.

Palafox réfléchit un instant, sembla sur le point de répondre, hésita et dit : — Les ministres du Gouvernement, par exemple.

— Des créatures de Bustamonte ! Des scélérats, tous corrompus !

Palafox hocha la tête. — C'est peut-être vrai. Mais comment se comportent-ils maintenant ?

— Ah ! Béran pouffa de rire. — Ils travaillent nuit et jour, avec l'acharnement d'un essaim d'abeilles, cela pour me convaincre de leur probité.

— De sorte qu'ils travaillent avec efficacité. Vous ne feriez qu'embrouiller les choses en les destituant. Je vous conseille de prendre votre temps. Ne licenciez les délateurs notoires, les opportunistes trop manifestes, n'appelez des hommes nouveaux au ministère que lorsqu'une occasion le rendra nécessaire.

Béran dut reconnaître la justesse de ces observations. Mais, pour l'heure, attablé avec Palafox devant un repas de figues et de vin nouveau dans le jardin de la terrasse du palais, il paraissait rassembler son énergie.

— Ce ne sont là que quelques modifications de détail parmi celles que je souhaite faire, dit-il. Mon but, l'œuvre de mon règne, c'est de ramener Pao à sa condition première. J'envisage de disperser les camps des Vaillants dans les différentes régions de la planète et de procéder de façon à peu près identique avec les Technicants. Ces gens-là doivent apprendre la langue paonaise, ils doivent s'intégrer dans notre société.

— Et les Cogitants ?

Béran frappa la table d'un coup sec. — Je ne veux pas faire de Pao une nouvelle Breakness. Nous avons largement la place pour construire un millier d'instituts ; mais j'entends qu'ils soient établis au sein du peuple paonais. On y dispensera un enseignement paonais, dans la langue de Pao.

— C'est bien soupira Palafox. C'est bien, je ne m'attendais à rien d'autre de votre part. Je vais rentrer à Breakness, et vous pourrez rendre Nonamand aux bergers et aux coupeurs d'ajoncs.

Béran dissimula la surprise que lui causait la docilité de Palafox.

— Evidemment, reprit-il, vos véritables projets sont bien différents. Car, si vous m'avez aidé à monter sur le Trône Noir, c'est uniquement parce que Bustamonte a refusé de coopérer avec vous.

Tout en pelant une figue, Palafox sourit dans le vague. — Je ne fais pas de projets. Je me contente d'observer et, si l'on m'y invite, de donner mon avis. Les événements actuels vont à l'encontre de plans formulés depuis longtemps et d'impulsions données autrefois.

— Il peut devenir nécessaire d'annuler ces plans, dit Béran.

Palafox mangea sa figue sans paraître affecté. Naturellement, vous êtes parfaitement libre de vous livrer à des tentatives de ce genre.

Pendant les jours suivants, Béran se livra à des réflexions minutieuses. Palafox semblait le considérer, lui Béran, comme un homme sur lequel on pouvait compter, un homme qui réagirait automatiquement dans une direction qui lui serait favorable, à lui, Palafox. Cette opinion qu'il inspirait poussa Béran à la prudence : il ajourna toute action contre les trois enclaves non paonaises.

Il s'occupa aussi de disperser le splendide harem de Bustamonte et entreprit de s'en constituer un autre. C'était ce que l'on attendait de lui : un Panarque devait avoir ses propres concubines, le contraire eût éveillé la méfiance.

Béran s'acquitta d'ailleurs de cette tâche sans aucune répugnance; et, comme il était jeune, estimé et, pour tout dire, un héros fort populaire, son problème ne fut pas tant de chercher des femmes que de bien les choisir.

Au reste, les affaires de l'Etat ne lui laissaient guère le temps de s'adonner à ses plaisirs personnels. Bustamonte avait véritablement surpeuplé la colonie pénitentiaire de Vredeltope avec des criminels et des condamnés politiques entassés là sans aucun discernement. Béran ordonna une amnistie générale, sauf pour les coupables de haute trahison. En outre, Bustamonte, dans la dernière partie de son règne, avait élevé les taxes qui pesaient sur le peuple jusqu'à les rendre égales à celles en vigueur sous le règne d'Aiello, avec le concours d'un système de fonctionnaires qui détournaient les fonds et absorbaient les profits. Béran porta un coup décisif à ces abus, affectant les concussionnaires à toutes sortes de besognes serviles, avec des émoluments appropriés à leurs dettes.

Un jour, une corvette toute bariolée de bleu, de rouge et de brun surgit à l'improviste d'un coin de l'espace et fondit sur Pao. Le radar du secteur émit le « qui-vive » habituel. Pour toute réponse, la corvette lança dédaigneusement une longue banderole, qui se déroula comme une langue de serpent. Avec une désinvolture pleine d'insolence, elle atterrit sur le toit du Grand Palais.

Eban Buzbek, Hetman des Brumbos de Batmarsh, en débarqua avec une suite de soldats. Ignorant l'étiquette du Palais, le groupe se dirigea vers la salle du Trône et appela Bustamonte à grands cris.

Paré du Noir Absolu, Béran fit son entrée dans la salle.

Dans l'intervalle, Eban Buzbek avait appris la mort de Bustamonte. Il fixa sur Béran un regard railleur et appela un interprète. — Demande au nouveau Panarque s'il me reconnaît pour suzerain.

A la timide question de l'interprète, Béran ne répondit pas.

— Quelle est la réponse du nouveau Panarque ? aboya Eban Buzbek.

L'interprète traduisit lcs paroles de Béran : — En vérité, je n'ai pas de réponse prête. Je désire régner dans la paix ; toutefois, j'estime que Pao a versé à Batmarsh un tribut suffisant.

Eban Buzbek salua ces mots d'un bref éclat de rire. — Ce n'est pas ainsi que se passent les choses dans la réalité. La vie est une pyramide — un seul homme se tient à son sommet. Dans le cas présent, je suis cet homme. Immédiatement audessous, vient le reste des Brumbos. Je ne m'intéresse pas à ce qui se trouve plus bas. C'est à vous de gagner le niveau auquel votre bravoure vous donnera droit. Je suis venu ici pour élever le tribut de Pao. Mes dépenses augmentent, c'est pourquoi le tribut doit être augmenté lui aussi. Si vous vous inclinez, nous vivrons en bonne intelligence. Sinon, mes guerriers se feront un plaisir de visiter Pao, et vous regretterez votre obstination.

— Je n'ai pas le choix, répondit Béran. Je proteste mais je m'incline. J'ajoute qu'il vous serait plus avantageux de nous traiter en alliés qu'en vassaux.

Dans la langue batch, le mot « allié » n'avait d'autre sens que celui de « compagnon d'armes ». En entendant la réponse de Béran, Eban Buzbek éclata de rire. — Les Paonais pour compagnons d'armes ? Des gens qui se mettent en position dès qu'on a donné l'ordre de leur flanquer un coup de pied au derrière ? Je préférerais encore les Dinghals de la planète Fire, qui vont au combat en s'abritant derrière leurs grand-mères. Non, nous, Brumbos, nous n'avons aucun besoin d'une telle alliance.

Traduits en paonais, ces mots prenaient l'allure d'un chapelet d'insultes gratuites. Béran ravala sa colère. — L'argent vous sera remis. Il fit un salut raide, tourna les talons et s'éloigna à grandes enjambées. L'un des guerriers, jugeant son attitude trop insolente, fit un bond en avant pour l'arrêter. Béran leva la main, pointa l'index. Mais il fit un nouvel effort sur lui-même.

Le guerrier eut confusément l'intuition d'avoir échappé de justesse à la mort. Il s'arrêta net. Béran quitta la salle sans être inquiété davantage.

Tremblant de colère, il se rendit dans les appartements de Palafox qui ne manifesta qu'un faible intérêt pour les nouvelles. — Vous avez agi raisonnablement, dit-il. C'eût été un don-quichottisme désespéré que de défier des soldats aussi expérimentés.

Béran acquiesça tristement. — Il est certain que Pao a besoin de protection contre les brigands... Et pourtant, nous sommes en mesure de payer le tribut, ce serait moins onéreux que de maintenir toute la planète sur un pied de guerre.

— Le tribut est incontestablement une économie, approuva Palafox.

Béran examina le long visage maigre pour y déceler les traces d'une ironie qu'il soupçonnait, mais il n'en découvrit aucune et prit congé.

Le lendemain, après le départ des Brumbos, il se fit apporter une carte de Shraimand et étudia la disposition des camps des Vaillants. Ils n'occupaient sur la côte qu'une bande de terrain de

150 kilomètres sur 15 de large, bien qu'on eût déplacé la population sur 15 autres kilomètres pour aménager un no man's land en prévision de leur accroissement.

Evoquant sa période de service à Deirombona, Béran se remémora les jeunes gens et les jeunes femmes de là-bas, passionnés, aux visages résolus, à l'expression immuablement grave, entièrement dévoués à la gloire... Il soupira. De tels traits de caractères avaient leur utilité.

Il fit appeler Palafox et se mit à exposer ses idées avec le feu. Palafox, lui, ne disait rien. — Théoriquement, je reconnais que nous avons besoin d'une armée, besoin également d'un complexe industriel efficient. Mais la manière d'agir de Bustamonte était cruelle, artificielle, et épuisait les énergies !

Palafox répondit gravement. — Supposons que, par quelque miracle, vous vous révéliez capable de recruter, d'entraîner et d'instruire une armée. Et ensuite ? Où prendrez-vous les armes ? Où trouverez-vous des astronefs militaires ? Qui construira les engins et l'équipement nécessaires aux communications ?

— Mercantil nous fournit actuellement ce dont nous avons besoin, dit Béran avec lenteur. Peut-être un monde d'une autre galaxie nous fournira-t-il le complément ?

— Les Mercantiles ne conspireront jamais contre les Brumbos, observa Palafox. Et cet armement que vous vous procurerez dans une autre galaxie, il vous faudra le payer en établissant un système d'échange adéquat. Système d'échange qui exigera que vous engagiez des relations commerciales avec l'extérieur.

Béran jeta un regard sombre à travers les vitres. — Tant que nous ne possédons pas de cargos spatiaux, nous ne pouvons pas faire de commerce.

— Précisément, dit Palafox, qui était d'excellente humeur. Suivez-moi, je voudrais vous montrer une chose dont vous ne soupçonnez pas l'existence.

Dans une torpédo noire, les deux hommes filèrent rapidement vers la baie de Zélambre. Sourd aux questions que lui posait Béran, Palafox restait silencieux. Il emmena son compagnon au-dessus de la côte est, dans une région isolée, à la base de la Péninsule de Maesthgelai. Là, ils virent se dresser un groupe de bâtiments neufs, nus, particulièrement laids. Palafox atterrit et entraîna Béran dans le plus grand. Ils s'arrêtèrent devant un long cylindre.

— Voici un projet réalisé secrètement par un groupe d'étudiants avancés, expliqua Palafox. Comme vous avez pu le deviner, c'est un petit astronef. Le premier, du moins je le crois, qui ait été construit à Pao.

Béran examina l'engin sans le moindre commentaire. Le jeu de Palafox était clair : il essayait de le faire mordre à l'hameçon.

Ils s'approchèrent de la nef. Les finitions en étaient grossières, les détails sans finesse ; il s'en dégageait une impression générale d'utilité dépourvue de raffinement. — Peut-il voler ? demanda Béran.

— Pas encore, mais dans quelque quatre ou cinq mois, sans aucun doute. Certaines pièces délicates ont été commandées à Breakness. Ceci mis à part, c'est une production purement paonaise. Quand Pao possédera une flotte entière, elle pourra se rendre indépendante de Mercantil. Je ne doute pas que vous parveniez à mettre sur pied un commerce suffisant, étant donné que Mercantil tire le maximum de la moindre de ses transactions.

— Naturellement, je suis très heureux, dit Béran à contrecœur. Mais pourquoi m'a-t-on caché cette entreprise ?

Palafox leva la main et dit d'une voix apaisante. — Nous n'en avons jamais eu l'intention. C'est un projet entre mille. Ces jeunes gens et ces jeunes femmes s'attaquent aux problèmes et aux carences de Pao avec une énergie prodigieuse. Chaque jour ils se lancent dans une nouvelle entreprise.

Béran émit un grognement sceptique. — Dès que la chose sera possible, ces groupes isolés seront tous réintégrés au sein de la vie paonaise !

— A mon avis, objecta Palafox, il est trop tôt pour atténuer l'enthousiasme des Technicants. De l'aveu de tous, cette organisation présentait des inconvénients pour la population déplacée, mais les résultats semblent en justifier la conception.

Béran ne répondit pas. Palafox fit un signe au groupe des Technicants qui observaient calmement. Ils s'avancèrent, furent présentés, et manifestèrent une légère surprise quand Béran s'adressa à eux dans leur langue. Ils le conduisirent aussitôt dans l'astronef. L'intérieur renforçait l'impression d'une réalisation fonctionnelle, grossière mais robuste, que Béran avait éprouvée tout d'abord. Quand il revint au Grand Palais, il avait à l'esprit tout un assortiment de doutes et de spéculations entièrement nouveau. Etait-il possible que Bustamonte eût eu raison et que lui Béran, eût tort ?

XVII

Un an passa. Les Technicants achevèrent leur prototype, l'essayèrent et le mirent en service comme astronef d'entraînement. A la demande de l'Assemblée générale des Technicants, on décida qu'une partie des fonds publics serait consacrée à la réalisation d'un plan de construction d'astronefs sur une grande échelle.

Les Vaillants exerçaient leur activité comme par le passé. Une douzaine de fois, Béran décida de restreindre l'importance des camps, mais chaque fois qu'il en aurait eu l'occasion, il revoyait le visage d'Eban Buzbek et sa résolution faiblissait.

Ce fut pour Pao une année de grande prospérité. Jamais le peuple n'avait vécu dans des conditions aussi favorables. Contrairement à ce qu'on aurait pu croire, l'administration se montrait réservée et honnête ; les taxes étaient légères ; la crainte et l'esprit de suspicion qui avaient régné du temps de Bustamonte avaient disparu. Aussi la population manifestait-elle une joie de vivre fort éloignée du caractère paonais traditionnel. On n'oubliait pas les enclaves néo-linguistiques, mais on les tolérait, comme ces maux chroniques dont on finit par s'accommoder.

Béran ne rendit aucune visite à l'Institut des Cogitants de Pon ; il savait cependant qu'il s'était développé considérablement : on y avait construit de nouveaux bâtiments, salles, dortoirs, ateliers, laboratoires ; il savait aussi que de nouveaux élèves y étaient accueillis journellement : jeunes gens venus de Breakness, qui ressemblaient tous d'une façon frappante au seigneur Palafox, et d'autres jeunes sensiblement moins âgés, qui avaient commencé leur carrière dans les crèches de l'Institut, enfants et petits-enfants du dominie.

Une autre année passa et la corvette bariolée d'Eban Buzbek apparut dans le ciel de Pao. Comme la première fois, elle dédaigna le « qui-vive » du radar et se posa sur la terrasse du Grand Palais. Comme la première fois, Eban Buzbek et sa suite de matamores firent irruption dans la salle du Trône et réclamèrent Béran. Il leur fallut attendre une dizaine de minutes que les guerriers occupèrent à taper bruyamment du pied et à se trémousser avec impatience.

Béran entra dans la salle du Trône et s'arrêta pour examiner les soldats qui braquaient sur lui des regards pleins de froideur. Il ne prit pas la peine de se donner un air aimable.

— Pourquoi venez-vous à Pao ?

Comme la première fois, un interprète traduisit ses paroles en batch.

Eban Buzbek s'installa sur un siège et fit signe à Béran de s'asseoir près de lui ; Béran obéit sans faire de commentaire.

— Nous avons appris des nouvelles déplaisantes, dit Eban Buzbek en allongeant confortablement les jambes. Les industriels de Mercantil, qui sont nos alliés et fournisseurs, nous ont dit que vous veniez de lancer une flotte de cargos spatiaux, que vous vendiez, échangiez et, le cas échéant, faisiez venir à Pao un matériel technique important.

Les guerriers batch s'agitèrent dans le dos de Béran et se dressèrent, menaçants, au-dessus de son siège.

Il jeta un coup d'œil par-dessus son épaule et se retourna vers Eban Buzbek. — Je ne vois pas en quoi ceci vous intéresse. Pourquoi ne ferions-nous pas du commerce avec qui nous semble bon ?

— Le déplaisir qu'en éprouve Eban Buzbek, votre suzerain, est une raison suffisante.

Béran se mit à parler d'un ton qui se voulait conciliant. — Mais vous ne devez pas oublier que nous sommes un monde très peuplé. Nous avons des aspirations naturelles...

Eban Buzbek fit un mouvement en avant ; sa main alla frapper la joue de Béran. Celui-ci se laissa retomber sur son siège, terrassé par la stupeur, le visage blême, sauf à l'endroit où la gifle avait laissé une marque rouge. C'était le seul coup qu'il eût jamais reçu, son premier contact avec la violence. Il éprouva une impression très particulière ; un traumatisme, un stimulus, pas entièrement désagréable, une ouverture soudaine sur une possibilité oubliée. C'est à peine s'il entendit la voix d'Eban Buzbek : — ... chacune de vos aspirations doit être soumise au clan des Brumbos qui en jugera.

A son tour, un des guerriers prit la parole. — Il ne faut qu'un peu de persuasion pour convaincre les *ocholos*.

Une fois de plus, le regard de Béran se posa sur la large face rouge d'Eban Buzbek. Il se redressa. — Je suis heureux de votre présence, Eban Buzbek. Il est préférable de parler face à face. Le temps est venu où Pao doit cesser de vous verser le tribut.

Les lèvres d'Eban Buzbek s'ouvrirent, s'incurvèrent en une comique grimace de surprise.

— En outre, nous continuerons d'envoyer nos astronefs dans tout l'univers. J'espère que vous accepterez ces faits de bon cœur et que vous rentrerez chez vous l'âme sereine.

Eban Buzbek bondit sur ses pieds. — Je rentrerai chez moi en emportant vos deux oreilles que j'exposerai dans notre salle d'armes.

Béran se leva et fit un pas en arrière pour se mettre hors de portée des guerriers. Ils avancèrent avec une lenteur narquoise. Eban Buzbek tira un poignard de sa ceinture. — Amenez-moi ce drôle. Béran fit un signe de la main. En trois endroits, des portes glissèrent ; trois escouades de Mamarones en sortirent, les yeux comme des fentes. Ils portaient des hallebardes à lames courbes et pointues longues d'un mètre et prolongées de canons en faucille.

— Que voulez-vous faire de ces chacals ? demanda le sergent d'une voix grinçante.

— Une opération sous-marine, répondit Béran. Conduisez-les à l'Océan.

Eban Buzbek se fit traduire ces derniers mots. Renseigné, il bafouilla : — C'est un acte insensé. Pao sera dévastée ! Nos hommes ne laisseront pas âme vivante à Eiljanre. Nous sèmerons vos champs de flammes et de cadavres.

— Seriez-vous assez aimables, maintenant, pour rentrer chez vous tranquillement et cesser de nous ennuyer ? demanda Béran. Je vous laisse choisir : la mort ou la paix.

Eban Buzbek tournait ses regards de droite à gauche ; ses guerriers se serraient les uns contre les autres, sans quitter des yeux leur adversaire tout vêtu de noir.

Eban Buzbek rengaina son poignard d'un geste résolu et murmura quelques mots à l'intention de ses hommes. — Nous partons, dit-il enfin à Béran.

— Donc vous choisissez la paix ?

Les moustaches d'Eban Buzbek tremblèrent sous l'effet de la rage. — Je choisis la paix.

— Alors, jetez vos armes à terre, quittez Pao et n'y revenez plus.

Eban Buzbek, le visage vide d'expression, se défit de ses armes. Ses guerriers l'imitèrent. Troupeau docile, ils s'éloignèrent, encadrés par les neutraloïdes. Peu après, la corvette décolla, partit en flèche et disparut.

Quelques minutes passèrent, puis Béran fut appelé au télécran. Il y vit le visage d'Eban Buzbek, qui rougeoyait, étincelant de haine. — Je t'ai laissé en paix, jeune Panarque, et tu vivras en paix — juste le temps qu'il me faudra pour amener tous mes guerriers sur Pao. Et je ne me contenterai pas de tes oreilles, c'est ta tête qui viendra compléter la collection de nos trophées.

— A vos risques et périls, répondit Béran.

Trois mois plus tard, les guerriers de Batmarsh attaquaient Pao. Une flotte de vingt-huit astronefs de guerre, comprenant six transports ventrus, apparut dans le ciel. Le radar ne prit d'autre initiative que de lancer le « qui-vive » habituel et d'interdire l'atterrissage ; les engins batch se laissèrent glisser dans l'atmosphère avec une souveraine insolence.

Là, ils furent accueillis par des missiles, mais leur contre-missiles firent exploser le barrage inutile.

En formation serrée, ils se dirigèrent vers le nord de Minamand et se posèrent à une vingtaine de kilomètres d'Eiljanre. Une multitude de soldats montés sur des chevaux volants se déversèrent hors des transports. Ils s'envolèrent en flèche, bondissant, caracolant, s'écartant les uns des autres en une magnifique exhibition de fanfaronnades.

Une charge de missiles individuels jaillit dans leur direction, mais, plus bas, leurs nefs eurent la riposte prompte et des antimissiles anéantirent la salve. Cependant, la menace était suffisante pour retenir les cavaliers à proximité de la flottille.

Le soir vint, puis la nuit. Les cavaliers barbouillèrent le ciel d'orgueilleux slogans tracés en gaz dorés. Ils se retirèrent ensuite dans les astronefs et le calme se fit.

Cependant, toute une série d'événements s'étaient déroulés à Batmarsh. La flottille de vingt-huit astronefs n'avait pas plus tôt mis le cap sur Pao qu'un autre astronef, de forme cylindrique et d'aspect robuste, de toute évidence un cargo converti en appareil militaire, descendait sur les collines humides et boisées qui s'élevaient à l'extrémité sud du pays Brumbo. Une centaine de jeunes gens en débarquèrent. Ils portaient d'ingénieuses combinaisons de transpar articulé, qui pouvaient se transformer en carapaces aérodynamiques quand ceux qui les avaient revêtues laissaient pendre leurs bras le long de leurs flancs. Ils se déplaçaient dans les airs grâce à un réseau antigravité qui les délivrait de leur poids, et à des décharges électriques qui les propulsaient à une grande vitesse.

Ils survolèrent de près la ligne d'arbres sombres qui marquaient la dépression de vallées sauvages. Le lac Chagaz brillait devant eux, reflétant les lueurs des constellations de la galaxie. De l'autre côté du lac se dressait Slagoe, cité de pierre et de bois dont les bâtiments de taille moyenne étaient dominés par la haute silhouette du Hall des Honneurs.

Les envahisseurs fondirent sur le sol comme des oiseaux de proie. Quatre d'entre eux se hâtèrent vers le feu sacré, renversèrent les vieillards qui y montaient la garde, éteignirent la flamme, épargnant toutefois un tison qu'ils recueillirent dans un récipient de métal. Le reste du contingent avait continué sa course au-delà des dix marches d'un escalier de pierre. Ils épouvantèrent les vestales qui veillaient dans la grande salle obscurcie par la fumée.

On vit la tapisserie du Clan tomber le long du mur — elle avait été tissée avec les cheveux des Brumbos morts au combat. On vit s'entasser pêle-mêle dans les sacs les trophées et les fétiches sacrés : des blasons anciens, une centaine de bannières en lambeaux, des rouleaux de parchemin et des proclamations écrites, des fragments de roches, d'os, d'acier et de charbon de bois, des fioles de sang noir et desséché commémorant les victoires et la vertu des Brumbos.

Slagoe s'éveilla enfin et apprit le désastre ; les envahisseurs étaient déjà haut dans l'espace et faisaient route vers Pao. Un flot de femmes, de jeunes gens, de vieillards, déferlèrent vers le parc sacré avec des larmes et des cris de désolation.

Mais les pillards étaient loin, emportant avec eux l'âme du Clan, et les trésors les plus précieux de Batmarsh.

A l'aube du second jour, les guerriers brumbos sortirent avec des éléments préfabriqués et montèrent huit plates-formes de guerre, munies de générateurs, de systèmes de défense antimissiles, de dards dynamiques, de pyromateurs et d'assourdisseurs à ultra-sons.

D'autres firent une offensive sur leurs chevaux aériens ; mais, cette fois, ils ne manquèrent pas de serrer leurs rangs. Les plates-formes de guerre furent soulevées par les explosions et détruites. Des taupes mécaniques avaient creusé un réseau de tunnels et avaient réussi par ce moyen à poser des mines à la base de chaque réseau.

La cavalerie aérienne était consternée. Sans protection, elle devenait une cible facile pour les missiles, ces armes de lâches, selon les critères de Batmarsh.

Les Myrmidons des Vaillants haïssaient également les missiles. Béran avait longuement pesé tous les moyens dont il disposait pour éviter les effusions de sang, mais quand les radeaux de combat eurent été détruits, il lui fut impossible de retenir les Myrmidons. Revêtus de leurs carapaces transparentes, ils s'élancèrent dans le ciel et fondirent sur la cavalerie des Brumbos. Ce fut une furieuse bataille, un tourbillon entrecoupé de cris, dans le ciel d'une riante campagne.

L'issue du combat était incertaine. Myrmidons et cavaliers tombèrent en nombre égal mais, vingt minutes plus tard, les Brumbos se dégagèrent brusquement et plongèrent sur le sol, laissant les Myrmidons exposés à un barrage de missiles. Les derniers eurent juste le temps de se poser à terre. Seuls quelques traînards — une vingtaine environ — essuyèrent le feu et furent tués.

Les cavaliers se retirèrent à l'ombre de leurs nefs. Les Myrmidons s'éloignèrent. Ils formaient une armée moins nombreuse que celle de l'ennemi et, néanmoins, les guerriers brumbos avaient cédé, abasourdis et terrifiés par la férocité de la résistance.

Le reste de la journée et le lendemain furent calmes, les Brumbos ayant consacré tout leur temps à sonder et examiner le sol où reposaient leurs nefs pour désamorcer les mines qui pouvaient y avoir été posées.

Ceci fait, la flotte décolla, traversa, de son vol lourd, la mer d'Hylanthus et l'isthme qui s'amincissait juste au sud d'Eiljanre, et se posa sur la plage qui s'étendait en face du Grand Palais.

Le lendemain matin, les Brumbos marchèrent sur la résidence du Panarque. Il y avait six mille hommes protégés par des dispositifs antimissiles et quatre projecteurs. Ils avançaient prudemment, mais sans détour, vers leur objectif.

Ils ne trouvèrent pas trace de résistance, pas l'ombre d'un Myrmidon, rien que les hauts murs de marbre du palais. Quelque chose bougea tout là-haut ; un rectangle de drap noir taché de brun et de jaune se déroula jusqu'au sol. Les Brumbos firent halte, le regard fixe.

Une voix amplifiée sortit des entrailles du palais. — Eban Buzbek, nous t'attendons. Viens inspecter le butin que nous avons prélevé dans le Hall des Honneurs de Slagoe. Approche, Eban Buzbek. Nous ne te ferons aucun mal.

Eban Buzbek fit un pas en avant et cria dans un amplificateur : — Quel piège me tends-tu ? Qu'as-tu machiné contre moi, lâche Paonais que tu es ?

— Les trésors de ton Clan sont en notre possession, Eban Buzbek : la tapisserie sacrée, le dernier tison du Feu Eternel, tous les blasons, toutes tes reliques. Désires-tu les racheter ?

Eban Buzbek vacilla comme un homme prêt à s'évanouir. Il se retira dans sa nef d'un pas chancelant.

Une heure passa. Eban Buzbek revint au palais entouré d'un groupe de nobles. — Nous demandons une trêve afin de procéder à l'examen de ces objets que tu prétends détenir.

— Approche, Eban Buzbek, inspecte tout ce que tu voudras, jusqu'à ce que ton cœur soit satisfait.

Eban Buzbek et sa suite examinèrent le butin. Ils ne parlaient pas ; les Paonais qui les accompagnaient ne firent aucune remarque.

Silencieux, les Brumbos revinrent à leurs nefs.

Puis on entendit la voix d'un héraut : — Voici l'heure ! Lâches Paonais, préparez-vous à mourir !

Les guerriers batch chargèrent, poussés par une émotion violente. A mi-chemin de la plage, ils rencontrèrent les Myrmidons et engagèrent un combat corps à corps, à l'épée, au revolver, à main nue.

Les Brumbos durent faire halte ; pour la première fois, leur ardeur belliqueuse se heurtait à une ardeur plus intense encore. Ils connurent la peur, ils reculèrent, ils battirent en retraite.

Du fond du Grand Palais, la voix se fit entendre une fois de plus. — Tu ne peux pas vaincre, Eban Buzbek, tu ne peux pas t'enfuir. Nous tenons en nos mains, vos vies, vos trésors sacrés. Rends-toi immédiatement ou nous détruirons tout : hommes et trésors.

Eban Buzbek se rendit. En présence de Béran et du capitaine des Myrmidons, il courba la tête jusqu'au sol et renonça à ses prétentions sur Pao. Puis il s'agenouilla devant la tapisserie sacrée et jura de ne jamais plus attaquer Pao, de ne plus fomenter de complot contre elle. Alors, on lui restitua les trésors de son Clan, que des hommes aux mines sombres transportèrent jusqu'à la flottille, et ils quittèrent la planète.

XVIII

Inlassablement, Pao parcourait son orbite autour d'Auriol, laissant derrière elle cinq années d'une situation complexe et pleine de péripéties. Ce furent dans l'ensemble de bonnes années. Jamais la vie n'avait été si facile, la famine si peu fréquente. Aux productions normales de la planète s'ajoutaient une grande variété de denrées importées des mondes lointains. Les astronefs des Technicants sillonnaient la galaxie en tous sens et engageaient maintes luttes commerciales avec les Mercantiles. En conséquence, les services des deux entreprises étaient en expansion et allaient toujours plus loin à la recherche de nouveaux débouchés.

En outre, le nombre des Vaillants augmentait, mais dans des proportions limitées. On cessa de les recruter parmi les autochtones, mais seul un enfant de père et de mère vaillants pouvait être admis dans la caste.

A Pon, les Cogitants se multipliaient aussi, mais à un rythme encore plus lent que les Vaillants. Trois nouveaux Instituts furent édifiés sur les collines brumeuses, et Palafox fit construire un sombre château qui dominait de toute sa hauteur le piton rocheux le plus reculé de la planète.

C'était parmi les Cogitants qu'on recrutait le corps des Interprètes ; en fait, ces derniers formaient la branche pratique des Cogitants. Comme les autres groupes, les interprètes avaient crû en effectifs et en importance. En dépit des différences qui séparaient les trois groupes néo-linguistiques les uns des autres et de la population paonaise, les échanges étaient extrêmement nombreux. Quand on manquait d'un interprète, on pouvait traiter les affaires en pastiche — langue qui, par la vertu de son universalité relative, était entendue d'un très grand nombre d'individus. Mais quand une communication requérait une plus grande exactitude, on faisait venir un Interprète.

Ainsi passèrent les années, ainsi s'accomplirent les réformes conçues par Palafox, inaugurées par Bustamonte, et tolérées sans enthousiasme par Béran. La quatorzième année de son règne vit l'apogée de la prospérité et du bien-être.

Béran avait longtemps désapprouvé le système de concubinage en vigueur à Breakness et qui s'était implanté dans les différents Instituts cogitants, d'une façon discrète, mais indéracinable. A l'origine, les filles qui s'engageaient librement en vue d'un avantage financier n'avaient pas manqué, et tous les fils et petits-fils de Palafox — sans parler de Palafox lui-même — entretenaient un vaste dortoir dans le voisinage de Pon. Mais quand la vie à Pao se fit plus prospère, le nombre des jeunes femmes susceptibles de s'engager déclina et, bientôt, des rumeurs étranges se mirent à circuler. On parla de drogues, d'hypnotisme, de magie noire.

Béran ordonna une enquête sur les méthodes par lesquelles les Cogitants se procuraient des femmes. Il s'était attendu à des cris et des grincements de dents, mais il n'avait pas prévu que la riposte serait à ce point immédiate et directe : le seigneur Palafox lui-même se rendit à Eiljanre.

Il fit son apparition un matin, sur l'une des plus hautes terrasses du palais où Béran s'était assis et contemplait la mer. En voyant sa longue silhouette sèche, ses traits anguleux, Béran fut étonné de constater à quel point ce Palafox-ci différait peu, depuis le manteau de lourd tissu brun, les culottes grises, jusqu'au chapeau à bec pointu haut perché sur son crâne, du Palafox qu'il avait vu pour la première fois tant d'années auparavant. Quel âge avait donc Palafox ?

Ce dernier ne perdit pas de temps en bavardages préliminaires.

— Panarque Béran, les mesures que vous voulez prendre nous ont mis dans une fâcheuse situation.

Béran hocha lentement la tête. — Quelle est cette fâcheuse situation ?

— Ma retraite a été envahie. Une meute d'espions maladroits me suit à la trace, exerce dans mon dortoir une surveillance déplacée qui gêne mes femmes. Je vous prie de chercher celui qui a ordonné ces persécutions et de punir le coupable.

Béran se leva. — Seigneur Palafox, comme vous devez le savoir, c'est moi qui ai ordonné cette enquête.

— Vraiment ? Vous m'étonnez, Panarque Béran ! Qu'espérez-vous apprendre ?

— Je n'espérais pas apprendre quoi que ce fût. Je pensais que vous verriez dans ces faits un avertissement et que vous réformeriez votre conduite, comme l'enquête vous aurait suggéré de le faire. Au contraire, vous préférez discuter, ce qui peut donner lieu à des difficultés.

— Je suis un dominie de Breakness. J'agis ouvertement et non par le biais d'insinuations tortueuses. La voix de Palafox évoquait le grincement de l'acier, mais cette déclaration n'avait pas fait avancer son affaire.

Béran, savant en polémique, chercha à conserver l'avantage. — Vous avez été un allié de valeur, seigneur Palafox. En récompense, on vous a donné le contrôle du continent de Nonamand. Mais cet avantage est conditionné par la légalité de vos actes. L'enrôlement de femmes complaisantes, quoique socialement choquant, n'est pas un crime. Mais quand les femmes ne sont pas consentantes...

— Sur quoi fondez-vous ces remarques ?

— Sur la rumeur populaire.

Palafox eut un mince sourire. — Si par hasard vous pouviez vérifier ces rumeurs, que se passerait-il ?

Béran se força à soutenir ce regard d'obsidienne. — Votre question ne s'applique à rien. Elle fait allusion à une situation qui appartient déjà au passé.

— Votre raisonnement est obscur.

— Il y a un moyen de démentir ces rumeurs, dit Béran, c'est d'étaler la situation au grand jour. Désormais, les femmes qui désireront s'engager librement se présenteront à un dépôt public, établi ici, à Eiljanre. Tous les contrats seront signés à ce dépôt, et toute autre transaction sera punie comme un crime équivalent à un enlèvement.

Palafox garda le silence plusieurs secondes. Puis il demanda d'une voix douce. — Comment vous proposez-vous de faire admettre cette décision ?

— Faire admettre ? demanda Béran surpris. A Pao, il n'est pas nécessaire de faire admettre les ordres du gouvernement.

Palafox inclina sèchement la tête. — La situation, comme vous dites, est clarifiée. Je crois fermement qu'aucun de nous n'aura de raison de s'en plaindre. Et il partit.

Béran respira profondément, s'allongea dans son fauteuil et ferma les yeux. Dans une certaine mesure, il avait remporté une victoire. Il avait fait valoir l'autorité de l'Etat et extorqué à Palafox une reconnaissance tacite de cette autorité.

Mais il était trop fin pour se réjouir trop vite. Il savait que Palafox, parfaitement à l'abri dans son solipsisme, n'avait probablement pas conscience du halo émotionnel qui entourait l'événement, considérant sa défaite comme un sujet d'irritation passagère, et rien de plus. A vrai dire, il y avait deux faits hautement significatifs à considérer : d'abord, un impondérable dans la conduite de Palafox laissait entendre que, en dépit de sa colère, il avait été préparé à accepter tout au moins un compromis temporaire. « Temporaire » était le mot clef. Palafox était un homme qui savait attendre l'occasion favorable.

Second point : le style même de la dernière phrase de Palafox :

— Je crois fermement qu'aucun de nous n'aura de raison de s'en plaindre. Là s'exprimait sa prétention à une égalité de rang, à une égalité d'autorité, à une égalité d'influence, qui révélait l'existence d'une ambition inquiétante.

C'était, au souvenir de Béran, la première fois que Palafox se montrait aussi loquace. Il avait jusque-là religieusement observé le comportement d'un dominie de Breakness venu temporairement à Pao en qualité de conseiller. Maintenant, il semblait se considérer comme définitivement établi sur la planète et se donnait par surcroît l'attitude d'un propriétaire.

Béran fit le bilan des événements qui avaient conduit au désordre actuel. Pendant cinq mille ans, Pao avait été un monde homogène, une planète gouvernée par la tradition, somnolant dans une tranquillité sans âge. Les Panarques s'étaient succédé, les dynasties étaient nées, puis mortes, mais les océans bleus et les campagnes vertes étaient immuables. La Pao de cette période avait été une proie facile pour les corsaires et les pillards, et elle avait connu une grande pauvreté.

Les idées du seigneur Palafox, le dynamisme cruel de Bustamonte avaient tout changé en l'espace d'une génération. Maintenant, Pao était prospère et envoyait sa flotte de commerce par tout le système stellaire de la Galaxie. Les commerçants de Pao avaient vaincu la concurrence de Mercantil, les soldats de Pao avaient vaincu militairement les hommes du clan de Batmarsh, les intellectuels de Pao soutenaient favorablement la comparaison avec les Sorciers de Breakness.

Mais, ces hommes qui excellaient en tout, qui surpassaient commercialement, surpassaient militairement, surpassaient productivement, surpassaient intellectuellement leurs voisins des autres planètes, étaient-ils paonais ? Les Cogitants, dont le nombre approchait maintenant de cent mille, avaient tous Palafox pour père ou grand-père. Des Palafoxiens : voilà un nom qui leur aurait convenu beaucoup mieux !

Et les Vaillants, les Technicants, qu'étaient-ils ? Issus du sang paonais le plus pur, ils vivaient aussi éloignés du courant des traditions paonaises que les Brumbos de Batmarsh ou les Mercantiles.

Béran sauta sur ses pieds. Comment avait-il pu se montrer aussi aveugle, aussi négligent ? Ces hommes n'étaient pas des Paonais, quelle que fût l'excellence des services qu'ils rendaient à la planète : c'étaient des étrangers, et on pouvait se demander à qui allait leur fidélité profonde.

Les divergences qui séparaient les Vaillants et les Technicants des Paonais de pure souche étaient allées trop loin. Il fallait corriger cette tendance à la séparation, il fallait assimiler les nouveaux groupes.

Ses fins étant définies, Béran devait choisir ses moyens. Le problème était complexe, il devait agir prudemment. En tout premier lieu, créer l'agence où les femmes qui désiraient s'engager pourraient se présenter de leur plein gré. Il ne fallait donner à Palafox « aucune raison de se plaindre ».

XIX

Dans les faubourgs, à l'est d'Eiljanre, de l'autre côté du vieux canal de Rovenone, il y avait une vaste lande que l'on utilisait principalement pour le lancement des cerfs-volants et pour les danses populaires les jours de fête. Béran ordonna qu'on y dressât une grande tente-pavillon où les femmes qui souhaitaient se louer aux Cogitants pourraient se présenter. On avait fait une grosse publicité à la nouvelle agence ainsi qu'à l'édit aux termes duquel tous les contrats privés conclus entre les femmes et les Cogitants devenaient caducs et illégaux.

Le jour de l'inauguration arriva. A midi, Béran alla inspecter le pavillon. Il y trouva, assises sur des bancs, une poignée de malheureuses, laides, fatiguées, maladives, qui n'avaient réellement rien de très attirant... elles n'étaient pas plus de trente en tout.

Béran s'étonna. — Est-ce tout ?

— C'est tout, Panarque.

Béran se frotta pensivement le menton. Tournant la tête, il aperçut l'homme qu'il avait le moins envie de voir : Palafox.

Ce fut Béran qui parla le premier, au prix d'un assez gros effort.

— Choisissez, seigneur Palafox. Trente femmes, parmi les plus charmantes de Pao, attendent votre bon plaisir.

Palafox répliqua avec désinvolture : — Une fois égorgées et enterrées, elles pourraient faire un engrais acceptable. Je vois mal à quel autre usage je pourrais les employer.

La phrase dissimulait un défi ; ne pas le reconnaître, ne pas le relever, eût été abandonner l'initiative. — Il me semble, seigneur Palafox, dit Béran, que les femmes de Pao éprouvent autant de répugnance à se lier aux Cogitants que je l'avais supposé. En soi, le petit nombre des personnes présentes suffit à justifier ma décision. Et Béran parcourut du regard le pavillon à moitié vide.

Palafox restait silencieux, mais une intuition avertit Béran. Il se retourna et, stupéfait, vit Palafox, le visage figé comme un masque mortuaire, lever la main, pointer son index vers lui. Il se jeta à plat ventre. Un éclair bleu grésilla au-dessus de sa tête. A son tour, il leva la main ; de son propre index une flamme jaillit, lécha le bras de Palafox et ressortit par l'épaule après avoir traversé le coude et l'humérus.

La tête de Palafox se releva d'un coup sec, lèvres crispées, yeux révulsés comme ceux d'un cheval fou de douleur. Du sang jaillit, fumant et grésillant de son bras, là où les circuits lacérés, surchauffés, avaient fondu et cédé.

De nouveau, Béran pointa son index ; il était à la fois urgent et judicieux de tuer Palafox ; en outre, c'était son devoir. Palafox le regardait, avec une expression qui n'était plus celle d'un être humain ; il attendait la mort.

Béran hésita et, pendant ce court instant, Palafox redevint un homme. Il leva la main gauche ; aussitôt, Béran agit et, de nouveau, le rayon bleuâtre jaillit ; mais il alla se heurter à un corps astral que la main gauche de Palafox avait projeté, et s'y dissoudre.

Béran recula. Les trente femmes s'étaient jetées par terre avec des cris et des gémissements affolés ; les serviteurs du Panarque restaient les bras ballants. Aucune parole ne fut prononcée Palafox tourna les talons, sortit par la porte du pavillon et disparut.

Béran ne put trouver l'énergie nécessaire pour le poursuivre. Il rentra dans son palais, s'enferma dans ses appartements privés. La matinée céda la place à l'or d'un après-midi paonais, le crépuscule vint.

Béran se secoua. Il se dirigea vers sa garde-robe, revêtit un costume noir collant. Il prit un couteau, un percuteur à rayons, un hypnotiseur, avala une pilule tonique, puis grimpa furtivement sur la terrasse.

Il se glissa dans un aérocar, s'éleva dans le ciel nocturne et prit la direction du sud.

Les sinistres falaises de Nonamand surgirent de la mer, cernées à la base par une écume phosphorescente et quelques pâles lueurs clignotant au sommet. Béran mit le cap sur les sombres plateaux marécageux de Pon. Il était tendu, mal à l'aise, convaincu qu'un désastre l'attendait.

Enfin, le mont Droghead et, derrière, l'Institut. Chaque bâtiment, chaque terrasse, promenade, hangar ou dortoir lui était familier ; les années qu'il y avait passées en qualité d'interprète allaient lui servir.

Il se posa sur les marais, loin de la piste, puis, activant le système antigravité tissé dans la plante de ses pieds, il se mit à flotter dans les airs et, se penchant en avant, survola l'Institut.

Il planait très haut dans le vent froid de la nuit, en observant les bâtiments qui défilaient en dessous de lui. Ici, le dortoir de Palafox et là, traversant les panneaux triangulaires de translux un rougeoiement lumineux.

Il se posa dans l'enceinte de roche fondue qui formait le toit du dortoir. Le vent filait au loin, bourdonnant et sifflant ; il n'y avait pas d'autre bruit.

Béran courut à la porte du toit. Du feu de son index, il brûla la serrure, fit glisser la porte et pénétra dans le corridor.

Le dortoir était parfaitement silencieux ; Béran ne perçut ni bruit ni mouvement. Il avança à grands pas rapides.

Le dernier étage, occupé par des pièces qui ne servaient que le jour, était désert. Béran descendit un plan incliné, tourna sur sa gauche, dans la direction de la tache lumineuse qu'il avait vue d'en haut. Il s'arrêta derrière une porte et y colla l'oreille. La pièce était silencieuse, mais on y percevait une présence. Béran tourna le loquet. La porte était fermée à clef.

Béran rassembla ses forces. Il fallait faire vite. Un trait de feu, la serrure qui saute, la porte qui s'ouvre ! Et là, dans un fauteuil, près de la table, un homme.

L'homme leva les yeux, Béran s'arrêta net. Ce n'était pas Palafox ; c'était Finisterle.

Le regard de Finisterle se posa sur l'index tendu de Béran, remonta jusqu'à son visage. — Que faites-vous ici ? s'exclama-t-il en pastiche.

— Où est Palafox ? répliqua Béran dans la même langue.

Finisterle se mit à rire et se laissa retomber au fond de son fauteuil. — A ce qu'il semble, j'ai bien failli mourir à la place de mon père.

Béran fit un pas en avant. — Où est Palafox ?

— Vous arrivez trop tard. Palafox est reparti à Breakness.

— A Breakness ! Béran se sentit las et sans force.

— Vous l'avez brisé ; son bras n'est plus qu'un lambeau. Personne ici ne peut le soigner. Finisterle étudiait Béran avec un intérêt non dépourvu de méfiance. — Et voici le discret Béran, un démon vêtu de noir !

Béran prit son temps pour s'asseoir. — Qui pourrait le tuer, sinon moi ? Il jeta un coup d'œil à Finisterle. — Vous ne cherchez pas à me tromper ?

Finisterle secoua la tête. — Pourquoi vous tromperais-je ?

— C'est votre père !

Finisterle haussa les épaules. — Père ! fils ! Ces distinctions ne signifient rien. Un homme, si remarquable soit-il, n'a que des possibilités limitées. Ce n'est plus un secret, Palafox a succombé à l'ultime maladie, c'est un Emeritus. Il ne fait plus de différence entre le monde réel et celui de son cerveau — pour lui, ce sont une seule et même chose.

Les sourcils froncés, Béran se frottait le menton. Finisterle se pencha vers lui. — Connaissez-vous sa grande ambition ? Comprenez-vous sa présence à Pao ?

— Je le devine, mais je n'en suis pas sûr.

— Il y a quelques semaines, il rassembla tous ses fils et leur expliqua en quoi consistait son ambition. Il revendique Pao comme un monde lui appartenant. Grâce à ses fils, à ses petits-fils et à ses propres capacités, il engendrera des Paonais, jusqu'à ce qu'il n'y ait plus que des Palafox et des descendants de Palafox sur Pao.

Béran se leva lourdement.

— Qu'allez-vous faire, maintenant ? demanda Finisterle.

— Je suis paonais, répondit Béran. J'ai vécu jusqu'ici dans une passivité toute paonaise. Mais j'ai aussi étudié à l'Institut de Breakness et maintenant, je vais agir. Si je détruis ce que Palafox a pris tant de peine à construire, peut-être ne reviendra-t-il pas. Son regard fit le tour de la chambre. — C'est ici, à Pon, que je vais commencer. Vous pouvez tous partir où vous voudrez. Il faut que vous partiez. Demain, l'Institut sera détruit.

Oubliant toute retenue, Finisterle sauta sur ses pieds. — Demain ! C'est de la folie ! Nous ne pouvons abandonner nos recherches, notre bibliothèque, nos biens les plus précieux !

Béran se dirigea vers la porte. — Je ne prolongerai pas le délai. Vous aurez sans aucun doute le droit d'emporter ce qui vous appartient personnellement. Mais l'entité connue sous le nom d'Institut cogitant aura disparu dès demain.

Esteban Carbone, maréchal en chef des Vaillants, un jeune homme musclé, au visage ouvert et sympathique, avait l'habitude de se lever à l'aurore pour faire un petit plongeon dans les vagues.

Ce matin-là, comme il remontait de la plage tout nu, mouillé et hors d'haleine, il rencontra un homme vêtu de noir qui l'attendait en silence.

Confus, Esteban Carbone s'arrêta. — Comme vous pouvez le voir, Panarque, votre visite me surprend. Je vous prie de bien vouloir me donner le temps de m'habiller.

Il courut dans ses quartiers et reparut presque aussitôt dans un impressionnant uniforme jaune et noir. — Je suis prêt à entendre vos ordres, Suprématie.

— Ils seront brefs, dit Béran. Partez à Pon dans un astronef de guerre et, à midi sonnant, détruisez l'Institut cogitant.

Cet ordre poussa l'étonnement d'Esteban Carbone à son paroxysme.

— Vous ai-je bien compris, Suprématie ?

— Je répète : partez à Pon dans un astronef de guerre et détruisez l'Institut cogitant. Qu'il vole en éclats. Les Cogitants sont avertis. Ils sont en train d'évacuer.

Esteban Carbone hésita avant de répondre. — Il ne m'appartient pas de poser des questions en matière de politique, mais n'est-ce pas là une mesure trop rigoureuse ? Je me sens obligé de vous conseiller d'examiner la chose à nouveau.

Béran ne s'offensa aucunement. — J'apprécie votre sollicitude. Mais cette décision est le résultat de très nombreuses réflexions. Ayez l'obligeance d'obéir sans plus tarder.

Esteban Carbone porta la main à son front et s'inclina très bas.

— Je n'ai rien à ajouter, Panarque Béran. Il se rendit dans ses quartiers et donna ses ordres dans un communicateur.

A midi sonnant, l'astronef de guerre lança un missile explosif sur le point désigné : un petit amas de bâtisses blanches sur le plateau qui s'étendait derrière le mont Droghead. Il y eut un éclat aveuglant de feu bleu et blanc. L'Institut cogitant n'était plus.

Quand Palafox apprit la nouvelle, un flot de sang noir lui monta au visage. Il vacilla. — C'est ainsi qu'il se détruit lui-même, gémit-il entre ses dents. C'est ainsi, sans doute, que mes désirs seront satisfaits. Mais comme elle est cruelle, l'insolence de ce jeune fat !

Les Cogitants se transportèrent à Eiljanre et s'installèrent dans le vieux quartier de Beauclare, au sud du canal Rovenone. A mesure que les mois passaient, ils subissaient une transformation psychologique dont ils prenaient conscience, semblait-il, avec un joyeux soulagement. Ils relâchèrent la rigueur doctrinaire qui avait fait d'eux, du temps de l'Institut, une classe à part, et ils formèrent bientôt une sorte d'intelligentsia bohème. Sous l'effet de quelque force obscure, ils ne s'exprimaient plus en cogitant, sauf en de très rares occasions et, comme ils méprisaient le paonais, ils traitaient toutes leurs affaires en pastiche.

XX

A Pergolai, dans la rotonde du pavillon de marbre rose à colonnades, Béran Panasper, Panarque de Pao, était assis sur ce siège noir où son père, Aiello, était mort.

Autour de la table en ivoire sculpté, les autres places étaient vides ; il n'y avait personne, sauf deux neutraloïdes d'un noir d'encre, dont la silhouette se dessinait à travers la porte.

On entendit bouger à l'entrée ; le « qui va là » des Mamarones, rauque comme un tissu qu'on déchire, perça le silence. Béran identifia le visiteur et donna l'ordre d'ouvrir.

Finisterle entra, l'air grave, négligeant les lourdes silhouettes noires. Il s'arrêta au centre de la salle et inspecta Béran des pieds à la tête. Il parlait en pastiche, en termes bancals et raboteux comme l'était la langue elle-même. — Vous vous comportez comme si vous étiez le dernier homme de l'univers.

Béran eut un faible sourire. — Quand la journée de demain s'achèvera, pour le meilleur ou pour le pire, je dormirai mieux.

Finisterle suivait le fil de ses pensées. — Je n'envie personne. Vous moins que n'importe qui.

— Et moi, pour ma part, j'envie tout le monde,

sauf moi, répondit Béran d'un air chagrin. J'illustre réellement le concept populaire du Panarque : le surhomme sur qui le pouvoir retombe comme une malédiction, qui prend des décisions comme d'autres hommes lancent des javelots de fer... Et pourtant, je ne céderais ma place pour rien au monde : je suis assez imprégné des idées de l'Institut de Breakness pour croire que personne d'autre que moi n'est capable de justice désintéressée.

— Cette croyance que vous dépréciez peut correspondre à la réalité.

Une sonnerie résonna au loin, puis une autre, une autre encore.

— Le dénouement est proche, dit Béran. Dans une heure, Pao est détruite ou sauvée. Il fit un pas vers le grand fauteuil noir et s'y installa. Sans dire un mot, Finisterle choisit un siège et s'assit au bout de la table.

Les Mamarones se précipitèrent à la porte décorée de grecques. On vit apparaître un lent cortège de ministres, de secrétaires, de fonctionnaires de tout genre : il y en avait deux douzaines en tout. Ils inclinèrent respectueusement la tête et prirent place discrètement autour de la table.

Des servantes remplirent les verres étincelants de vin glacé.

Les sonneries retentirent à nouveau et les Mamarones ouvrirent la porte. Esteban Carbone, Grand Maréchal des Vaillants, entra, l'air résolu, suivi de quatre subalternes. Ils portaient le plus resplendissant de leurs uniformes et des casques de métal blanc qu'ils avaient ôtés sur le seuil. Ils se rangèrent en ligne devant Béran, s'inclinèrent et demeurèrent impassibles.

Béran avait compris depuis longtemps que ce moment devait nécessairement venir.

Il se leva et rendit un salut cérémonieux. Les Vaillants s'assirent avec des mouvements d'une précision étudiée.

— Le temps passe, les conditions changent, commença Béran d'une voix neutre dans le langage des Vaillants. — Les programmes dynamiques qui ont eu autrefois leur valeur, peuvent devenir de dangereux abus quand le besoin ne s'en fait plus sentir. C'est ce qui se passe actuellement à Pao. Nous courons le danger de perdre notre unité.

— Je songe notamment aux camps des Vaillants. Ils ont été créés pour parer à un danger bien défini. Ce danger a été repoussé. Les Vaillants, tout en conservant leur identité, doivent être maintenant réintégrés au sein de la population.

— A cette fin, des cantonnements seront établis parmi les huit continents et les îles les plus vastes. Dans ces cantonnements, les Vaillants seront répartis en unités de cinquante hommes et femmes. Ils se serviront des cantonnements comme des zones d'organisation et établiront leur résidence dans la campagne, recrutant des éléments locaux quand la nécessité s'en fera sentir. Les régions occupées actuellement par les Vaillants seront rendues à leurs destinations primitives. Il s'arrêta, scrutant chaque regard.

Finisterle, qui observait la scène, s'étonnait de ce que cet homme, qu'il avait connu sous les traits d'un jeune garçon hésitant et chagrin, pût montrer un visage si résolu.

— Avez-vous des questions à poser ou des suggestions à faire ? demanda Béran.

Le Grand Maréchal se tenait droit comme une

statue de pierre. Il finit par incliner la tête. — Panarque, j'ai entendu vos ordres, mais je les trouve incompréhensibles. Pao a besoin d'une arme offensive et défensive suffisamment forte, c'est une vérité fondamentale. Nous, les Vaillants, nous sommes cette arme. Nous sommes indispensables. Votre décision nous détruira. Nous serons dilués dans la masse et dispersés. Nous perdrons notre idéal commun, notre unité, notre esprit de compétition.

— Je suis conscient de tout cela, répondit Béran. Je le regrette. Mais c'est un moindre mal. Désormais, les Vaillants doivent servir de cadre, et notre arme militaire doit redevenir intégralement paonaise.

— Ah ! Panarque, dit le Grand Maréchal non sans brusquerie, c'est là le nœud du problème ! Vous autres, Paonais, n'avez pas d'intérêts militaires, vous...

Béran leva la main. — *Nous,* Paonais, dit-il d'une voix rude, nous sommes tous paonais.

Le Grand Maréchal s'inclina. — J'ai parlé trop hâtivement. Mais, Panarque, il est absolument certain que cette dispersion affaiblira notre efficacité ! Nous devons être instruits ensemble, nous mesurer dans des exercices, des cérémonies, des compétitions...

Béran avait prévu cette objection. — Le problème que vous mentionnez est réel mais il ne pose que des questions de logique et d'organisation. Je n'ai l'intention de diminuer ni l'efficacité ni le prestige des Vaillants. Mais l'intégrité de l'Etat est en jeu, et ces enclaves, comme des tumeurs, si bénignes soient-elles, doivent être extraites.

Un instant, Esteban fixa sur le sol un regard maussade, puis il jeta des coups d'œil de droite et de gauche, comme pour chercher la sympathie dans le regard de ses hommes. Il trouva des visages désolés, découragés.

— Il y a un facteur que vous ignorez, Panarque. C'est celui du moral, dit Carbone avec accablement. Notre force...

Béran l'interrompit vivement. — Ce sont là des problèmes que vous, en tant que Grand Maréchal, devez résoudre. Si vous n'en êtes pas capable, je nommerai quelqu'un d'autre. Nous ne discuterons pas davantage. Le principe de base tel que je l'ai défini dans ses grandes lignes doit être accepté. Pour les détails, vous suivrez les conseils du ministre des Territoires.

Il se leva et salua pour donner congé. Les Vaillants s'inclinèrent et quittèrent la salle.

Comme ils sortaient, un second groupe entra : des hommes vêtus de l'uniforme gris et blanc, tout simple, des Technicants. Ils reçurent en général les mêmes ordres que les Vaillants et formulèrent les mêmes protestations. — Pourquoi créer des unités si restreintes ? Il y a sûrement la place d'établir à Pao plusieurs complexes industriels. N'oubliez pas que notre efficacité dépend de la concentration de nos talents. Nous ne pourrons pas les exercer, répartis en si petites unités !

— J'accorde plus d'importance à votre responsabilité qu'à la production des marchandises. Vous devez éduquer et entraîner vos frères paonais. Il y aura certainement une période de confusion, mais la nouvelle politique travaillera en fin de compte à notre avantage commun.

Les Technicants se retirèrent, aussi profondément mécontents que les Vaillants.

Un peu plus tard, Béran marchait le long de la plage en compagnie de Finisterle ; il avait confiance en cet homme qui parlait sans calcul. Les vagues se déroulaient calmement sur le sable et se retiraient dans la mer, faisant scintiller des bouts de coquillages, des fragments de corail bleu et brillant, de varech pourpre échoué là. Après la dépense d'énergie qu'il venait de faire, Béran se sentait déprimé et épuisé. Finisterle marchait, l'air détaché et ne dit mot jusqu'à ce que Béran, sans détour, lui demandât son opinion.

Finisterle montra une franchise sans parti pris.

— A mon avis, vous avez commis une erreur en édictant vos ordres ici, à Pergolai. Les Vaillants et les Technicants vont se retrouver dans leur milieu familier. Ils auront l'impression d'un retour à la réalité et vos décisions leur sembleront fantastiques. A Deirombona et à Cloeopter, vos ordres auraient été plus directement en rapport avec leurs objets.

— Vous pensez que je ne serai pas obéi ?

— Il y a de fortes chances.

Béran soupira. — Je le crains aussi. Mais je ne peux autoriser la désobéissance. Nous devons maintenant payer les folies de Bustamonte.

— Et l'ambition de mon père, le seigneur Palafox, ajouta Finisterle.

Béran ne dit plus rien. Ils revinrent au pavillon et Béran convoqua aussitôt son ministre de la Fonction publique.

— Mobilisez les Mamarones, tout le régiment.

Le ministre demeura stupide. — Mobiliser les Mamarones ? Où ?

— A Eiljanre. Immédiatement.

Béran, Finisterle et quelques hommes traversèrent le ciel sans nuage, de Pao jusqu'à Deirombona. Derrière, encore cachées par l'horizon, suivaient six péniches aériennes transportant le régiment des Mamarones qui conversaient à grand renfort de grognements.

La nef atterrit. Béran et ses compagnons mirent pied à terre, traversèrent l'esplanade déserte, passèrent sous la Stèle des Héros et entrèrent dans une construction longue et basse où Esteban Carbone avait établi son quartier général ; elle était aussi familière à Béran que le Grand Palais d'Eiljanre. Sans se soucier des exclamations de surprise et des questions dont on l'assaillait sans relâche, il se dirigea vers la salle d'état-major et en fit glisser la porte.

Le Grand Maréchal et quatre de ses officiers levèrent la tête avec une irritation qui se mua bientôt en un étonnement de gens pris en faute.

Béran avança à grands pas ; la colère qui le poussait avait vaincu sa timidité naturelle. Un manuel était posé sur la table. Béran en lut le titre : *Opération de campagne 262 : Manœuvre des Astronefs de guerre Type C et des Unités de Torpilles Auxiliaires.*

Le regard que Béran fixa sur Esteban Carbone brillait d'un doux éclat.

— C'est ainsi que vous faites exécuter mes ordres ?

Carbone, revenu de son premier étonnement, ne se laissa pas intimider.

— J'ai tardé, Panarque, je plaide coupable. J'étais certain qu'après avoir réfléchi, vous comprendriez l'erreur de votre premier commandement...

— Ce n'est pas une erreur. Dès maintenant et sans délai, je vous ordonne d'exécuter les instructions que je vous ai données hier.

Les deux hommes se regardèrent, face à face,

bien déterminés l'un et l'autre à suivre une ligne de conduite qu'ils estimaient d'une importance vitale et bien résolus à ne pas céder.

— Vous nous poussez à bout, dit le Maréchal d'une voix glaciale. Beaucoup, ici, à Deirombona, jugent que nous, Vaillants, qui exerçons le pouvoir, devrions jouir des fruits de ce pouvoir ; ainsi, à moins que vous ne désiriez courir le risque...

— Obéissez ! s'écria Béran. Il leva la main. — Ou je vous tue sur-le-champ !

Mais on s'agita brusquement derrière lui. Il y eut un éclat de lumière bleue, un cri rauque, un cliquetis de métal. Béran fit demi-tour et vit Finisterle couché sur le corps d'un officier vaillant. Un pistolet-choc gisait à terre ; Finisterle tenait à la main une aiguille énergétique toute fumante

Carbone leva le poing, frappa Béran en pleine mâchoire Celui-ci culbuta en arrière et tomba sur le bureau Finisterle se tourna pour tirer, mais la confusion qui régnait l'obligea à retenir son geste.

Quelqu'un cria : — Tous à Eiljanre ! Mort aux Tyrans paonais !

Béran se redressa, mais le Maréchal avait disparu. Tout en soignant sa mâchoire endolorie, il prit la parole devant un microphone caché dans son épaule ; les six péniches aériennes, qui étaient maintenant au-dessus de Deirombona, fondirent sur les bâtiments ; noirs et monstrueux, les Mamarones débarquèrent en foule.

Ils entendirent l'ordre de Béran : — Cernez le quartier général. Fermez toutes les issues.

Carbone avait donné des ordres de son côté ; des bruits de pas précipités retentirent dans les baraques voisines, et par groupes, les guerriers vaillants se déversèrent sur l'esplanade. En voyant les neutraloïdes, ils s'arrêtèrent net.

Les chefs d'escouades firent un signe et la cohue des Vaillants se rassembla en une force disciplinée. Le silence régna un moment, tandis que les Mamarones et les Myrmidons se mesuraient mutuellement du regard.

Les chefs d'escouades sentirent les vibrateurs battre contre leur poitrine. La voix du Grand Maréchal jaillit d'un filament. — Attaquez et détruisez tout. N'épargnez personne! Tuez-les tous!

Ce fut la bataille la plus acharnée de toute l'histoire de Pao. On combattait sans un mot, sans une trêve. Les Myrmidons étaient plus nombreux que les Mamarones, mais chaque neutraloïde possédait trois fois la force d'un homme ordinaire.

A l'intérieur du quartier général, Béran lança un appel au microphone.

— Maréchal, je vous en supplie, faites cesser cette effusion de sang. Elle n'est pas nécessaire et de bons Paonais vont mourir!

Il n'y eut pas de réponse. Sur l'esplanade, il n'y avait plus que cent cinquante mètres entre les Mamarones et les Myrmidons; ils se tenaient presque face à face, les neutraloïdes souriant d'une haine sans humour, dédaigneux de la vie, inconscients de la peur, et les Myrmidons bouillonnants d'impatience et d'enthousiasme, soucieux de leur seule gloire. Derrière leurs boucliers, le dos appuyé au mur du quartier général, les neutraloïdes étaient à l'abri des petites armes; mais dès qu'ils s'éloigneraient du mur, ils présenteraient un point vulnérable.

Soudain, ils baissèrent les boucliers; leurs

traits portèrent la mort dans les rangs ennemis : une centaine d'hommes tomba en un instant. Les boucliers reprirent leur place et essuyèrent le feu de la revanche sans incident.

Les vides, en première ligne, se remplirent instantanément. Les cors sonnèrent une brillante fanfare ; les Myrmidons tirèrent leurs cimeterres et chargèrent les géants noirs.

Les neutraloïdes baissèrent leurs boucliers et firent feu ; cent ennemis, deux cents tombèrent. Mais une poignée de Vaillants, peut-être vingt, peut-être trente, parcourut à la hâte les quelques mètres qui séparaient les deux camps. Les neutraloïdes tirèrent leurs grands sabres, taillèrent, tranchèrent, dans un tourbillon d'éclairs et d'acier, de sifflements, d'appels rauques, et les Mamarones se trouvèrent libres. Mais, les géants ayant dû baisser leurs boucliers, les lances de feu de l'arrière-garde des Myrmidons atteignirent leurs cibles, et une douzaine de neutraloïdes tomba.

Avec obstination, les Mamarones serrèrent leurs rangs. Chez les Myrmidons, nouvelle sonnerie de cors, nouvelle charge et l'acier de tailler et de sabrer. C'était la fin de l'après-midi ; à l'ouest, des lambeaux de nuages voilaient le soleil, mais un rayon de lumière orange jouait sur le champ de bataille, rougeoyait sur les édifices resplendissants, se reflétait sur les corps noirs et luisants, brillait d'un éclat sombre sur le sang répandu.

A l'état-major du quartier général, Béran était en proie à une amère déception. La sottise, l'arrogance de ces hommes ! Ils étaient en train de détruire la Pao qu'il avait espéré construire. Et lui, maître et seigneur de quinze milliards d'hommes, il n'était pas capable de trouver les forces suffisantes pour soumettre quelques milliers de rebelles.

Sur l'esplanade, les Myrmidons réussirent à scinder en deux les lignes neutraloïdes, à séparer les géants en deux îlots.

Les neutraloïdes comprirent que la fin était proche ; la haine féroce qu'ils portaient à la vie, aux hommes, à l'univers entier se mit à bouillir et se condensa en un délire de pure folie. Ils succombèrent un à un aux coups qui les frappaient sans relâche. Enfin, les derniers se regardèrent et firent éclater les meuglements rauques et inhumains de leurs rires. Bientôt, ils moururent à leur tour et, à l'exception de quelques sanglots étouffés, le calme régna de nouveau. Alors, au fond de l'esplanade, près de la Stèle, les femmes vaillants entonnèrent un chant de victoire, désespéré mais triomphant, et les survivants, haletants et brisés, se joignirent au péan.

Déjà, Béran et sa suite avaient quitté l'état-major et un astronef les emportait vers Eiljanre. Béran se laissait aller au désespoir. Tout son corps tremblait, ses yeux le brûlaient jusqu'au fond des orbites, son estomac se tordait comme s'il eût été bourré de vitriol. C'était un fiasco complet, l'échec de ses rêves, le commencement du chaos !

Il revit la haute silhouette sèche de Palafox, le visage maigre au nez busqué, les yeux d'un noir opaque. L'image éveilla en lui une émotion d'une telle intensité qu'elle lui devint presque chère, comme une chose qui devait être protégée de tout mal, excepté de cette destruction dont lui-même le chargeait.

Il se prit à rire tout haut. Pouvait-il s'assurer l'aide de Palafox ?

Comme les derniers rayons du crépuscule faiblissaient sur les toits d'Eiljanre, il arriva au Grand Palais.

Il trouva Palafox installé dans la salle du Trône, avec son inséparable costume gris et brun, la bouche tordue en un sourire douloureux, une lueur étrange dans les yeux.

Les Cogitants, fils de Palafox pour la plupart, étaient assis en maints endroits de la salle. Ils étaient subjugués, graves et respectueux. Quand Béran apparut, ils détournèrent les yeux.

Béran ignora leur présence. Il approcha lentement de Palafox, jusqu'à ce qu'ils ne fussent plus qu'à quelques mètres l'un de l'autre.

L'expression de Palafox ne changea pas ; le sourire douloureux tremblait toujours sur ses lèvres, la lueur dangereuse scintillait toujours dans ses yeux.

Béran sut alors avec certitude que Palafox avait succombé au syndrome de Breakness. Palafox était un Emeritus.

XXI

Palafox salua Béran d'un geste qui pouvait sembler affable ; mais qui ne s'accompagna d'aucun changement d'expression. — Mon jeune disciple ! Quel entêté vous faites ! Je crois comprendre que vous avez essuyé de sérieux revers.

Béran avança de quelques pas. Il lui suffisait de lever la main, de pointer l'index pour faire disparaître ce dangereux mégalomane. Comme il se mettait en position, il entendit Palafox murmurer quelques mots d'une voix douce et se sentit saisi par quatre hommes qu'il ne connaissait pas et qui portaient le costume de Breakness. Sous le regard tranquille des Cogitants, ces hommes poussèrent Béran face contre terre, lui ouvrirent la bouche, firent sur sa peau des attouchements avec un objet de métal. Une douleur suraiguë le traversa comme un éclair et une sensation d'engourdissement descendit le long de son dos. Il entendit le cliquetis d'un outil, subit une secousse légère, une torsion ou deux, et l'ouvrage fut achevé.

Pâle, ébranlé, humilié, il se redressa et remit de l'ordre dans ses vêtements. — Vous jouez trop facilement avec l'arme qu'on vous a donnée, dit Palafox d'un ton tranquille. Maintenant qu'on vous l'a retirée, nous serons plus à l'aise pour parler.

Béran ne trouva rien à répondre. Il eut un grognement guttural, fit quelques pas et s'arrêta devant Palafox.

Celui-ci sourit dédaigneusement. — Une fois de plus, le trouble règne à Pao. Une fois de plus, c'est à moi, le seigneur Palafox, qu'on fait appel.

— Je n'ai fait appel à personne, répondit Béran d'un ton sec.

Palafox ignora sa réponse. — Un jour, l'Ayudor Bustamonte eut besoin de moi. Je le secourus et Pao devint un monde puissant et glorieux. Mais celui qui jouissait de cette puissance et de cette gloire, Panarque Béran, rompit le contrat. Aujourd'hui, le gouvernement paonais doit faire face une fois de plus à la destruction. Et seul Palafox peut vous sauver.

Comprenant que les explosions de colère n'avaient d'autre effet sur Palafox que de l'amuser, Béran s'efforça de parler avec modération. — Moyennant un salaire égal au précédent, je suppose ? Liberté sans limite à votre satyriasis.

Palafox sourit franchement. — Vous exprimez la chose crûment mais avec exactitude. Cependant, je préfère le terme de « fécondité ». Tel est mon prix, en effet.

Un Cogitant entra dans la salle, s'approcha de Palafox et lui dit quelques mots dans la langue de Breakness. Palafox regarda Béran. — Les Myrmidons arrivent. Ils disent qu'ils vont incendier Eiljanre, tuer Béran et partir à la conquête de l'univers. C'est là, prétendent-ils qu'est leur destinée.

— De quelle façon traiterez-vous avec les Myrmidons ? demanda Béran.

— C'est très simple, répondit Palafox. Je les

domine parce qu'ils me craignent. Je suis l'homme le plus hautement modifié de Breakness, l'homme le plus puissant qui existera jamais. Si Esteban Carbone manque de m'obéir je le tuerai. Je suis indifférent à leurs projets de conquêtes. Qu'ils détruisent cette cité, qu'ils les détruisent toutes, ils sont libres. Il élevait le ton, son excitation montait. — Ils faciliteront tellement ma tâche, et celle de mes enfants ! Voici mon univers, c'est ici que je vivrai, magnifié par un million, un million d'individus de mon sang. Je vais féconder un monde ; jamais on n'aura vu un homme engendrer une descendance aussi prodigieuse ! Dans cinquante ans, la planète ne connaîtra plus d'autre nom que celui de Palafox, on verra mes traits sur tous les visages. Le monde m'appartiendra, je serai le monde !

Ses yeux noirs luisaient comme des opales, ils projetaient des éclats de feu. Béran n'échappa point à la contagion de cette fureur ; la salle lui parut irréelle, des tourbillons de gaz brûlants traversaient son esprit. Palafox perdait son aspect humain pour prendre des apparences variées qui se succédaient à une allure folle : une anguille démesurée, un phallus, un tronc d'arbre carbonisé dont les nodosités portaient des yeux, une image noire du néant.

— Un démon ! haleta Béran. Le Démon du Mal ! D'un geste, il saisit le bras de Palafox qu'il envoya rouler à terre.

Palafox s'abattit avec un bruit sourd et poussa un cri de douleur. Il se redressa aussitôt et brandit son arme — cette arme que Béran avait endommagée quelque temps auparavant — et son apparence démoniaque s'accentua.

— Tu vas mourir, petit coq ! Il leva la main,

pointa l'index. Un grondement s'éleva parmi les Cogitants.

L'index restait tendu. Aucune flamme n'en sortit. Le visage de Palafox se tordit sous l'effet de la souffrance. Il tâta son bras, examina son doigt. Puis, ayant retrouvé son calme, il leva les yeux et fit un signe à ses fils. — Tuez cet homme, ici et tout de suite. Il ne peut plus respirer l'air de ma planète.

Il y eut un silence mortel. Personne ne bougea. Palafox avait une expression incrédule. Béran promenait autour de lui des regards vides. Tous les visages se détournèrent, tous les regards abandonnèrent les deux hommes.

Soudain, Béran retrouva la parole. — C'est un langage de fou ! cria-t-il d'une voix rauque. Il se tourna vers les Cogitants. Comme Palafox avait parlé en breakness, Béran s'exprima en pastiche.

— C'est à vous, Cogitants, de choisir le monde que vous souhaiteriez habiter. Préférez-vous Pao telle qu'elle est aujourd'hui, ou le monde que vous propose cet Emeritus ?

L'épithète piqua Palafox au vif ; il eut un brusque mouvement de rage puis, en breakness, langue que bien peu d'hommes entendaient, il aboya : — Tuez cet homme !

Béran répondit en pastiche, la langue des interprètes, celle des hommes qui se dévouaient au service d'autrui : — Non, tuez plutôt ce sénile mégalomane !

Dans un élan de fureur, Palafox se rua sur les quatre hommes de Breakness, ceux-là mêmes qui avaient déconnecté les circuits de Béran. Sa voix résonna profondément. — Moi, Palafox, le Père Suprême, je vous ordonne de tuer cet homme !

Les quatre hommes s'avancèrent.

Les Cogitants ne bougeait pas plus que des

statues. Puis ils se levèrent, comme animés par une seule et même décision. Des flammes jaillirent en vingt points de la salle. Vingt fois transpercé, les yeux exorbités, les cheveux soulevés par la violence soudaine de la charge, Palafox, seigneur de Breakness, mourut.

Béran tomba sur un siège, incapable de se soutenir. Puis il prit une profonde inspiration et, vacillant, se remit sur ses jambes. — Je ne puis rien vous dire maintenant — si ce n'est que je vais essayer de bâtir un monde tel que les Cogitants et les Paonais pourront y vivre dans des conditions satisfaisantes.

Finisterle qui se tenait, sombre, à ses côtés, répondit : — Je crains que la réalisation de ce projet, si admirable soit-il, ne soit pas entièrement à votre portée.

Béran suivit le regard de Finisterle au-delà des hautes fenêtres.

Des flammes colorées éclataient dans le ciel, elles s'y déployaient et brillaient de tous leurs feux, comme pour la célébration de quelque fait glorieux.

— Les Myrmidons, dit Finisterle. Ils viennent pour se venger. Vous feriez mieux de vous enfuir, tant qu'il en est encore temps. Ils n'auront aucune pitié pour vous.

Béran ne répondit pas.

Finisterle lui prit le bras. — Vous ne faites que préparer votre propre mort. Il n'y a plus de gardes pour vous protéger. Vous êtes à leur merci.

Béran se dégagea doucement. — Je resterai, je ne peux pas fuir.

— Ils vous tueront !

Béran eut ce haussement d'épaules particulier aux Paonais.

— Tous les hommes meurent.

— Mais vous avez mieux à faire ; vous n'avez donc pas le droit de mourir. Quittez la ville ; bientôt, les Myrmidons se lasseront, quand l'attrait de la nouveauté se sera usé, et ils retourneront à leurs jeux.

— Non, dit Béran. Bustamonte s'est enfui. Les Brumbos l'ont poursuivi et terrassé. Je ne suivrai pas son exemple. J'attendrai ici sans rien perdre de ma dignité et, s'ils me tuent, ainsi soit-il.

Une heure passa ; les longues minutes s'écoulaient une à une. Les astronefs de guerre réduisirent leur altitude et planèrent à quelques mètres du sol. L'astronef amiral se posa précautionneusement sur la terrasse du palais.

Béran siégeait calmement sur le Trône Noir de la dynastie, les traits tirés par la fatigue, les yeux grands ouverts et le regard sombre. Les Cogitants formaient de petits groupes murmurants et observaient Béran du coin de l'œil.

Au loin, on entendit une sorte de grondement, un chant d'abord grave qui augmenta d'intensité, un chant de victoire, enthousiaste, martelé au rythme organique des battements d'un cœur, de soldats en marche.

Le chant s'enfla, la porte s'ouvrit brusquement : Esteban Carbone, Grand Maréchal des Vaillants, entra dans la salle du Trône. Derrière lui, venait une douzaine de jeunes feld-maréchaux que suivaient plusieurs rangs d'officiers d'état-major.

Esteban Carbone s'approcha du Trône Noir et affronta Béran.

— Béran ! dit le Grand Maréchal, vous nous avez fait subir une injure impardonnable. Vous avez prouvé que vous êtes un Panarque déloyal, inapte à gouverner la planète. Aussi, nous sommes venus en force pour vous renverser du Trône Noir et vous mettre à mort.

Béran secoua la tête d'un air songeur, comme si Esteban Carbone était venu lui présenter une pétition.

— A celui qui exerce le pouvoir échoit la direction de l'Etat : c'est un axiome historique fondamental. Vous n'avez aucun pouvoir, seuls les Myrmidons sont puissants. C'est pourquoi nous prenons le gouvernement en main. Et je déclare maintenant que le Grand Maréchal des Myrmidons, dès aujourd'hui et pour toujours, remplira les fonctions de Panarque de Pao.

Béran ne dit rien ; en vérité, il n'y avait rien à dire.

— En conséquence, Béran, rassemblez le peu de dignité qui vous reste, quittez le Trône Noir et préparez-vous à mourir.

C'est alors que les Cogitants intervinrent. — Un instant ; vous allez trop loin, et trop vite ! s'écria Finisterle avec fureur.

Esteban Carbone se retourna violemment. — Que voulez-vous dire ?

— Votre thèse est exacte : celui qui exerce le pouvoir doit effectivement gouverner. Mais je nie que vous exerciez le pouvoir sur Pao.

Esteban Carbone se mit à rire. — Existe-t-il un être capable de nous détourner de notre ligne de conduite, quelle qu'elle soit ?

— Vous passez à côté de la question. Aucun homme ne peut gouverner Pao sans le consentement des Paonais. Vous n'avez pas obtenu ce consentement.

— Sans importance. Nous ne contrarierons pas les Paonais. Ils pourront se gouverner eux-mêmes — aussi longtemps qu'ils nous fourniront ce dont nous avons besoin.

— Vous croyez donc que les Technicants continueront à vous fournir des outils et des armes ?

— Pourquoi ne le feraient-ils pas ? Peu leur importe à qui ils vendent leurs produits.

— Et qui leur fera connaître vos besoins ? Qui fera connaître vos ordres aux Paonais ?

— Nous, naturellement.

— Mais comment pourront-ils vous comprendre ? Vous ne parlez ni le technicant ni le paonais ; ils ne parlent pas le vaillant. Et nous, les Cogitants, nous refusons de vous servir.

Esteban Carbone éclata de rire. — Voici une déclaration d'importance. N'êtes-vous pas en train de suggérer que les Cogitants, en raison de leurs petites habitudes linguistiques, pourraient gouverner les Vaillants ?

— Non. Je vous fais remarquer que vous êtes inaptes à diriger la planète, puisque vous ne pouvez communiquer avec ceux que vous prétendez avoir pour sujets.

Esteban Carbone haussa les épaules. — Cela n'a pas grande importance. Nous parlons quelques mots de pastiche, assez pour nous faire comprendre. Nous ferons rapidement des progrès et nous éduquerons nos enfants dans ce sens.

Pour la première fois, Béran intervint. — J'ai une suggestion à vous faire. Elle satisfera peut-être nos ambitions à tous. Reconnaissons que les Vaillants sont capables de tuer autant de Paonais qu'ils le désirent, tous ceux qui s'opposent activement à eux. Dans ce sens, on peut dire qu'ils exercent le pouvoir. Toutefois, ils vont se trouver dans une situation bien confuse ; d'abord de par la résistance traditionnelle des Paonais à la coercition, ensuite de par leur incapacité à communiquer avec les Paonais et les Technicants.

Inflexible, Carbone écoutait. — Le temps mettra fin à ces obstacles. Nous sommes les vainqueurs, ne l'oubliez pas.

— C'est entendu, dit Béran d'une voix lasse. Vous êtes les vainqueurs, mais, en écartant autant que possible les causes de troubles, vous faciliterez grandement votre tâche. Et tant que les habitants de Pao ne seront pas unis par le langage, vous vous heurterez à d'innombrables difficultés.

— Alors, unifions le langage de Pao ! cria Carbone. C'est un remède assez simple ! Qu'est-ce qu'une langue sinon un système de mots ? Ce sera là la première ordonnance de mon règne : tout habitant de Pao, homme, femme ou enfant, doit apprendre le pastiche.

— Et pendant qu'ils l'apprendront ? demanda Finisterle.

Esteban Carbone se mordilla les lèvres. — Les choses doivent suivre autant que possible leurs cours habituels. Et maintenant, dit-il à l'adresse de Béran, reconnaissez-vous mon pouvoir ?

Ce dernier se mit à rire. — De bon cœur. Et, pour joindre mes vœux aux vôtres, j'ordonne que tout enfant de Pao, qu'il soit Vaillant, Techni cant, Cogitant ou Paonais de pure souche, apprenne le pastiche avant la langue de son père.

Esteban Carbone fixa sur lui un regard pénétrant et dit enfin : — Vous vous en tirez mieux que vous ne le méritez, Béran. Il est certain que les Vaillants ne se soucient pas de s'embarrasser des détails du gouvernement, et que là réside votre intérêt, votre seule utilité. Aussi longtemps que vous vous montrerez soumis et efficace, vous pourrez demeurer sur le Trône Noir et garder le titre de Panarque.

Il s'inclina, tourna les talons et sortit.

Béran s'effondra sur le Trône Noir. Son visage était pâle et défait, mais son expression restait calme.

— J'ai transigé, je me suis laissé humilier, dit-il à Finisterle, mais, en un jour, j'ai réalisé la totalité de mes ambitions. Palafox est mort et j'ai entrepris la grande œuvre de mon règne : l'unification de Pao.

Finisterle lui tendit une coupe de vin chaud, se servit et but à longs traits. — Petits coqs vaniteux ! En ce moment, ils sont en train de parader autour de leur Stèle, ils se frappent la poitrine et si nous voulions...

Il tendit l'index vers une coupe de fruits. Une flamme bleue jaillit, la coupe vola en éclats.

— Félicitons-nous de leur avoir accordé cette victoire, dit Béran. Au fond, ce sont de braves gens, quoique naïfs; ils coopéreront avec une plus grande ardeur s'ils se croient les maîtres. Et dans vingt ans...

Il se leva et, accompagné de Finisterle, traversa la salle du Trône. Puis tous deux contemplèrent le paysage qui s'étendait bien au-delà des toits d'Eiljanre. — Le pastiche — cette langue qui est la synthèse du Breakness, du technicant, du vaillant et du paonais... Le pastiche, la langue de l'administration... Dans vingt ans, tout le monde parlera le pastiche. Il fertilisera les vieux esprits et formera les nouveaux. A quoi ressemblera Pao, dans ce temps-là ?

Leurs regards se perdaient dans la nuit, à travers les lumières d'Eiljanre, à travers tout un monde de questions.

EXTRAIT DU CATALOGUE
« Présence du Futur »

432. K. W. Jeter .... *Le marteau de verre*
433. Emmanuel Jouanne .... *Cruautés*
434. Marc Laidlaw .... *Papa, maman, l'atome et moi*
435. Lucius Shepard .... *Le chasseur de jaguar*
436. Lucius Shepard .... *La fin de la vie*
437. Walter Jon Williams .... *Câblé*
438. Isaac Asinov .... *Terre et Fondation*
439. Jean-Marc Ligny .... *Yurlunggur*
440. Frederik Pohl .... *Les Annales de la Cité 1*
441. Frederik Pohl .... *Les Annales de la Cité 2*
442. Kate Wilhelm .... *La couvée Huysman*
443. Phillip Mann .... *Le maître des Paxwax*
444. Philip K. Dick .... *Radio libre Albemuth*
445. Frederik Pohl .... *L'avènement des chats quantiques*
446. Jean-Pierre Hubert .... *Roulette mousse*
447. Serge Brussolo .... *Procédure d'évacuation immédiate des musées fantômes*
448. Ian Watson .... *Les oiseaux lents*
449. Gwyneth Jones .... *Plans de fuite*
450. Somtow Sucharitkul .... *Le vent des ténèbres*
451. Bruce Sterling .... *Mozart en verres miroirs*
452. Limite .... *Malgré le monde*
453. Serge Brussolo .... *Le château d'encre*
454. Antoine Volodine .... *Des enfers fabuleux*
455. Garry Kilworth .... *Les ramages de la douleur*
456. Iain Banks .... *Entrefer*
457. Arcadi et Boris Strougatski .. *L'auberge de l'alpiniste mort*
458. James Morrow .... *Ainsi finit le monde*
459. Michael Swanwick .... *Les fleurs du vide*
460. Gene Wolfe .... *Soldat des brumes*
461. Roger Zelazny .... *Les 9 princes d'Ambre*
462. Roger Zelazny .... *Les fusils d'Avalon*
463. Roger Zelazny .... *Le signe de la Licorne*
464. Roger Zelazny .... *La main d'Obéron*
465. Roger Zelazny .... *Les cours du chaos*
466. Roger Zelazny .... *Les atouts de la vengeance*
467. Roger Zelazny .... *Le sang d'Ambre*
468. Roger Zelazny .... *Le signe du chaos*
469. Roger Zelazny .... *Chevalier des ombres*
470. Volume à paraître
471. Philip K. Dick .... *Le grand O*
472. Robert Sheckley .... *Arena*
473. Jean-Marc Ligny .... *D.A.R.K.*
474. Jacques Sternberg .... *188 contes à régler*
475. Phillip Mann .... *La chute des familles*
476. Lucius Shepard .... *Zone de feu*
477. Jacques Barberi .... *Une soirée à la plage*

478. Walter Jon Williams .... *Le souffle du cyclone*
479. Emmanuel Jouanne .... *Le rêveur de chat*
480. K. V. Jeter .... *Instruments de mort*
481. Ph. K. Dick .... *Derrière la porte*
482. Alain Dartevelle .... *Script*
483. James Morrow .... *Le vin de la violence*
484. Philippe Curval .... *Habite-t-on réellement quelque part ?*
485. George Alec Effinger .... *Gravité à la manque*
486. Joël Houssin .... *Argentine*
487. Colette Fayard .... *Les chasseurs au bord de la nuit*
488. Gene Wolfe .... *Le nouveau soleil de Teur, 1*
489. Gene Wolfe .... *Le nouveau soleil de Teur, 2*
490. Robert Silverberg .... *Compagnons secrets*
491. Richard Kadrey .... *Métrophage*
492. Philip K. Dick .... *Un auteur éminent*
493. Jean-Pierre Andrevon .... *Sukran*
494. Philippe Cousin .... *La solution du fou*
495. Philip K. Dick .... *Souvenir*
496. Garry Kilworth .... *Roche-Nuée*
497. Philip K. Dick .... *Au service du maître*
498. Jacques Barberi .... *Narcose*
499. Lino Aldani .... *La maison-femme*
500. Ray Bradbury .... *A l'ouest d'Octobre*
501. Serge Brussolo .... *L'homme aux yeux de napal*
502. A. et B. Strougatski .... *Les vagues éteignent le vent*
503. Emmanuel Jouanne .... *La trajectoire de la taupe*
504. Jean-Pierre Vernay .... *Fragments du rêve*
505. Robert Sheckley .... *Chasseur/victime*
506. Norman Spinrad .... *Les années fléaux*
507. Francis Berthelot .... *Rivage des intouchables*
508. Bruce Sterling .... *Les mailles du réseau/1*
509. Bruce Sterling .... *Les mailles du réseau/2*
510. Philip K. Dick .... *Le voyage gelé*
511. Dominique Douay .... *La fin des temps et après*
512. Joël Houssin .... *Le temps du twist*
513. Howard Waldrop .... *Ces chers vieux monstres*
514. Jacques Barberi .... *Guerre de rien*
515. Gene Wolfe .... *Silhouettes*
516. George Alec Effinger .... *Privé de désert*
517. Garry Kilworth .... *Abandonati*
518. Robert Silverberg .... *L'appel des ténèbres*
519. Mike Resnick .... *Ivoire 1*
520. Mike Resnick .... *Ivoire 2*
521. Ph. K. Dick .... *L'œil de la sibylle*
522. L. Sprague de Camp .... *L'honorable barbare*
523. Jack Womack .... *Terraplane*
524. Bruce Sterling .... *Cristal express*
525. Donald E. Westlake .... *Anarchoas*
526. Serge Brussolo .... *Le syndrome du scaphandrier*
527. John Varley .... *Champagne bleu*
528. Gene Wolfe .... *Soldat d'aretê/1*
529. Gene Wolfe .... *Soldat d'aretê/2*
530. James Morow .... *Cité de vérité*

OBSERVEZ VOS ETOILES

HERBERT
VANCE
SILVERBERG
ZELAZNY
MATHESON
HOUSSIN
CLARKE
VARLEY
SIMAK
ASIMOV
POWERS
LOVECRAFT
KING
SHECKLEY
DICK
STERLING
VAN VOGT
STURGEON
BRUNNER
MOORCOCK
BRUSSOLO
CARD

PRESENCES ARTICLES
SF ECRANS FRANCE
USA ANGLETERRE BD
DENOEL NOUVELLES
FANTASTIQUE VIDEO
COMMENTAIRES
FANZINES CRITIQUES
AUTEURS CINE TELE
FUTUR JEUX LIVRES
DEBATS PARUTIONS
VOUS...

BRADBURY
JEURY
GIBSON
POHL
HEINLEIN
KOONTZ
LEIBER
FARMER

CP N° 68206

3615 CYB ***tout l'espace...***

Achevé d'imprimer en septembre 1992
sur les presses de l'Imprimerie Bussière
à Saint-Amand (Cher)

— N° d'édit. 3813. — N° d'imp. 2664. —
Dépôt légal : octobre 1992.
Imprimé en France

3813